JN092011

遠い唇

北村薫自選 日常の謎作品集

北村 薫

角川文庫
23805

目次

しりとり

1

向井美菜子《むかいみなこ》さんは、わたしとよく仕事をする編集者の一人である。

この間、五十を越えた。とはいっても人は、年齢の峠のあちらとこちらで、天気と雨降りのように変わるわけではない。初めてお会いした頃が、そのまま続いているような気がする。

その《初めて、お会いした時》だが、二十年近く前だ。

わたしの作品を読んだ向井さんから、丁寧な手紙をもらった。ぜひ、一緒に仕事をしたい――といってくれた。ありがたかった。しかし、自分にどれほどのことが出来るか分からず、即答は避けた。無論、お礼の返事は出した。その後、向井さんの出版社の主催するパーティがあり、受賞者と縁があったので出掛けて行った。

生憎《あいにく》、招待の葉書を持って行くのを忘れた。受付に並んで名前をいうと、

「どちらの何々様でしょうか？」

と、いわれた。駆け出しの書き手が名前を知られていないのは、当然のことである。それなのに、受付を終えて進んで行くと、横に並んでいた社員達の中から、一人の女性が進み出て話しかけてくれた。

きちんと名前と顔を認識していてくれたのが向井さんだった。

以来、何冊かの本を出してもらった。丁寧な、行き届いた仕事ぶりだった。何より作品を愛してくれているのが、よく分かる。我が子を本当に好いてくれる人かどうか、親なら見抜けるものだ。それが有り難かった。

過ぎてみればあっという間の年月だった。赤ちゃんが生まれるというので休んでいたと思ったら、そのお子さん達も今では上が大学生、下が高校生だ。そんな時の流れの中で、悲しいこともあった。向井さんは数年前、ご主人を亡くしている。

身を裂かれる苦しみだったろう。だが、その時、支えになったのはお子さん達の存在だ。この子供達を大人にするまでは、親としての責任がある——そういう思いが向井さんを、前に歩ませたのだ。

2

わたしは、向井さんの著書と古書店で出会ったことがある。編集者が、作家の本を見つけるのは当たり前だ。逆は珍しいだろう。

神田《かんだ》の街を歩いていて、平台に、ある俳人の追悼句集を見つけたのだ。その人を主宰として仰ぐ結社のものだ。同人達の句を集めた、かなり厚いものである。

向井さんが、俳句を始めたのは十年ほど前のことだ。編集者でやっている人は、珍しくない。仕事の都合で、参加せざるを得なくなる人もいる。向井さんは、前から興味を持っていたようで、わたしの原稿を読んで、

「虚子《きよし》の、こういう句を思い出します」

などといってくれた。

確かに、エピグラフに使ってもいいような一句だった。そういう洒落《しやれ》たことをするのが似合う作ではなかったから、巻頭には引かなかった。しかし、向井さんの、作品を読んで芯《しん》にあるものをつかんで来る力を改めて思った。

雑談の折に、俳句の話もちらりと出る。当然、向井さんが誰に師事したのかは知っていた。その方が亡くなったことは、新聞で目にした。

その俳人の追悼句集だから、平台から抜いて広げてみた。目次に、多くの同人名が並んでいる。群衆の中に知り合いを探すつもりになり、目で追って行くと……あった。

——向井美菜子

そのページを開いてみると、見開き二ページに向井さんの句が並んでいる。

ひとつこと追うて寒さを忘れゐし

などというのは、いかにも向井さんらしかった。夢見る若い頃で、相手がひそかに恋する人なら飛びついて買っていたろう。しかし、書いたものを読まれるのが前提の作家ならともかく、一般の人が、知り合いに自作を手に入れられ、何というか、――好き勝手に見られてしまうのは有り難くないだろう、と思った。

作家にしたところで、わたしなどは、知り合いに自作を読まれたくないたちだ。いたたまれない気にもなる。表現というのは内面告白だ。知り合いの前に、衣服のない姿をさらしたがる人間は稀《まれ》だろう。

わたしは句集を、そのまま元のところに戻した。

3

向井さんの出版社から新しい著書が出て、何冊かサインすることになった。

別の仕事の都合もあったので、こちらから出版社に出向いた。打ち合わせなどに使われる小部屋で、机に向かいサインをした。

会社の人がお茶を運んでくれ、向井さんが、お茶菓子を出してくれた。近くの店のものらしい和菓子だった。

仕事を終えて、雑談になった。

向井さんが、菓子を見ながらいい出した。

「うちのが亡くなった時のもの、病院から持ち帰って、紙袋に入れて、――そのままになっていたのがあるんです」

そういうことはあるだろう。見るのもつらいからだ。

「――ベッドで読んでいた本とか、メモとか、そういった雑物なんですけれど、その中に和菓子の包み紙がありました」

「……ほう」

「少しずつでも、食べるものは食べられたんです。ある時、和菓子を買って来てくれっていって――。葛《くず》ざくらと黄身しぐれだっていうんです」

そういって向井さんは、ちょっとお茶を口にした。

「――普段、和菓子なんかあまり食べない人だったんです。――というか、身の回りのことが洋風になってるでしょう。子供達にお菓子買って来る時も、チーズケーキとかバウムクーヘン、夏だとアイスクリームなんかの方が多くて」

「まあ、そうでしょうね」

「だから、珍しかったんです。〈こういうの、子供の頃、食べたんだろうな〉と思いながら、買って来ました。それぞれ、ちょこっと口に入れてました。味見ですね。聞いたら、やっぱり小さい頃の思い出があるんですって。葛ざくらはお母さんが、黄身しぐれはお父さんが好物だったそうです」

「なるほど」

「――それでね、どうして包み紙が取ってあったかというと、話に続きがあるんです。食べる時に、ベッドの上に出す、横長のテーブルがあるんです。しばらく考えていたけど、〈何か書くものあるか〉というんです。メモ用紙を見せると、〈小さいな〉。包み紙の裏を見せたら、〈それがいい〉といいます。テーブルの上に適当に広げてサインペンを渡すと、まず〈しりとりや〉と書きました」

「俳句ですか。ご主人もなさっていたんですか」

「いいえ、授業で教えてはいたでしょうけれど、自分では作りませんでした」

ご主人は、高校の国語の先生をしていた。

向井さんは続ける。

「――それで、次の行に〈駅に〉と書いて、大きく空けて、最後に〈かな〉」

「はあ……？」

向井さんは、サインの試し書き用に持って来てあった紙を取り上げ、こんな風に書いた。

しりとりや
駅に
かな

わたしは、首をひねった、それはそうだろう。

「妙ですね」

「それでね、間の空いたところに和菓子を置いたんです」

ますます妙だ。

4

「こっちを見て、にやにやしてます。〈何なの？〉って聞くと、〈俳句やってるんだろ。分からないかい〉といいます」

「謎々ですか」

「そうらしいんです」

「和菓子って、二つあったんですよね。どっちを置いたんですか」

「黄身しぐれです」

種類は幾つかあるのかもしれないが、わたしが思い描くのは、白餡《あん》に卵黄、微塵《みじん》粉などを混ぜたもので、黒い餡の玉を覆い、蒸したものだ。

わたしの育った田舎町のそれは、黄色がどぎついほど強かった。表面に自然なひびが入るのが、見た目の味わいになっている。口にすると、ほろりと崩れ、甘味が広がる。

「まあ……額面通りに受け取れば」

といって、わたしは書いてみた。

しりとりや駅に黄身しぐれかな

向井さんは、首を振り、

「何だかわけが分かりません」

「そうだなあ」

「第一、切れ字が重なってますし」

「あ、そうか」

〈や〉と〈かな〉が、ひとつの句に入っている。記号でいえば、驚きのマークを二つ入れるようなものだ。焦点が二つに分かれて、まずいのだろう。

わたしは、俳句は全くの素人だからご教示願う。

「こういうのは、嫌うわけですね」

「はい。いわゆる破調の句になります」

「そういうのは、あり得ないんですか」

「いえ。なくはない。例外の代表例が〈降る雪や明治は遠くなりにけり〉です」

「ああ、そうか。確かに〈や〉と〈けり〉だ。〈けり〉も切れ字になるんですね。これは有名だ。実感がある」

「でも、普通はまずいといわれますね。水原秋桜子《みずはらしゅうおうし》の最後の句が――」

といって、向井さんは書いた。

紫陽花《あじさい》や水辺の夕餉《ゆうげ》早きかな

「ははあ、これはそのまま、〈や〉と〈かな〉だ」

「病床の作です。巨匠が禁を破った——というので話題になったそうです。最後の名人芸だったのか、それとも、もう推敲《すいこう》の気力もなくなっていたのか」

向井さんは、そこで笑い、

「——まあ、うちの者の句が名人芸である筈《はず》はありませんけれど」

同じ病床であっても、ご主人の場合は、ふと思いついた座興だろう。

「俳句なら、五・七・五ですよね。後ろの五は〈しぐれかな〉じゃないですか。それだと俳句っぽいでしょう」

時雨は、初冬の通り雨、にわか雨だ。

「それは頷《うなず》けますね。そうなると、——〈しりとりや・駅に黄身・時雨かな〉ですか」

「黄身は〈あなた〉でしょう。〈君恋し〉の〈君〉」

「はあ……」

「〈駅に君・時雨かな〉で思い当たることはありませんか」

「そういえばねえ……」

5

主人とわたし、同じ高校だったんです。

初めて、言葉を交わしたのが冬の雨がきっかけでした。帰りの電車に乗っている途中から雨が降り出して、駅に降りた時にはどしゃ降りでした。急な雨だから待っていれば止むと思ったんですけど、なかなかあがらない。十六、七の頃です。一人でタクシーを使うことなんてなかったから、ちょっと途方にくれてた。

すると、次の電車で降りて来た男の子が声をかけて来たんです。同じ学校の制服で、通う道も途中まで一緒でした。顔を見たことならあります。

「傘、ないの?」

「……ええ」

得体の知れない相手ではないので、不安はありませんでした。

「僕、B組の……」

と向こうから名乗り、わたしもそうしました。

「よかったら、入っていかない?」

と傘を広げます。男物の黒い、大きな傘です。感じの悪い子だったら考えましたけど、育ちのよさそうな人だったから、こっくりしました。

右の肩と左の肩を濡《ぬ》らしながら、歩いて行きました。あちらの肩の方が、多く濡れていたようでした。

「朝とか見かけてたから……」

「はい。わたしも……」

「この辺なのに、中学校、違ったんだ。――私立？」

「いいえ、春から越して来たんです。父の仕事の関係で」

「そうなんだ」

もう少し行った先で、道はT字になります。そこで右と左に分かれるのです。男の子はいいました。

「うちはね、ちょっと変わってるんだ。屋上にプールがあるんだ」

「へえー」

これには、純粋に驚いてしまいました。日本に、そんなうちがあるなんて。

「それでね、庭がランニング出来るぐらい広くて、ピアノやオルガンが何台もあるんだ」

「……凄《すご》いですね」

大変なお坊ちゃまかも知れないが、それより誇大妄想の人かもと、ちょっと引きました。

「凄くないんだ。そういううちって何だか、見当つかない？」

　わたしは、首をかしげました。ちょうど、この和菓子の問題を出された時のように。

男の子は、種明かしをしてくれました。

「幼稚園なんだ」

「あ……」

「教会やってるんだ。——教会やってるって、何だか変だな。とにかく、そこで幼稚園もやってる。そのうちの次男坊」

「じゃあ、キリスト教徒ですか」

「一応ね」

「だとすると、あの……洗礼名とかあるんですか。ヨハネとかペテロとか……」

「さあ、どうかな」

　とにこりと笑います。

　後で、親しく話すようになってから知ったのですが、彼のうちはプロテスタントでした。プロテスタントは、洗礼するけれど洗礼名はないそうです。

　彼が、にこりとした時、T字路の突き当たりまで来ました。雨は少し弱くなりましたが、でもまだ、小太鼓を叩《たた》くように傘を打っています。

男の子は、その柄をわたしに預けました。

「じゃ、これ持って行きなよ」

「え……」

「うち、もう近いから」

と、軽く手を振ります。

「すみません」

男の子は、さっと走り出して行きました。

6

「傘は?」

「乾かして、綺麗《きれい》に畳んで返しました」

わたしは、ふーむ、と顎《あご》を撫《な》で、

「時雨で結ばれた二人……か」

「そういうわけでもないです。一直線じゃありません。紆余《うよ》曲折はありましたから」

「紆余曲折は、普通ありますよ。——とにかく、そういうことなら間違いない」

「あの時のことをいったんでしょうか」

「うん」向井さんは、不満げだ。

「でも、〈君・時雨かな〉じゃあ、字足らずもいいとこですよ。それに、上五《かみご》の〈しりとりや〉って何です」

「そうか。……それがあった」

「でしょう？」

わたしは苦し紛れに、

「しりとり遊びの言葉が繋《つな》がるように、二人が繋がったということかな」

向井さんは、首をゆっくりしたメトロノームのように振り、

「それって、いかにも無理やりな感じがします」

「うーん」

わたしも釈然としない。

　　しりとりや駅に君時雨かな

ご主人は、〈俳句やってるんだろ〉といったのだ。それにしては〈俳句〉の形になっていない。一体全体、この不思議な言葉は何を語っているのだろう。

「お茶、新しくしてきますね」

向井さんはそういって、お盆に茶碗《ちゃわん》をのせ、立ち上がった。

一人残されたわたしだ。サインという仕事は、もう終わっている。しかしながら、解けない謎が残されている。これは、まことに気持ちが悪い。

紙の上に、呪文《じゅもん》のような言葉を、漢字やひらがなにして書いてみた。試行錯誤を繰り返しているうちに、謎の壁は、それこそ黄身しぐれを口に含むようにほろりと崩れた。

――やった！

7

「解けたよ、解けましたよ」

という声が、思わずはずんだものになる。

「本当ですか？」

向井さんが、茶碗をこちらとあちらにおいて、前に座る。真剣な目だ。

「まず、俳句だとすれば五・七・五――と考える」

「はい」

「上五と下五《しもご》は決まりだ。でも中七《なかしち》が五音しかない。だから、ここに一つの音が隠されているのじゃないかと考える」

「隠す？」

「そうさ。つまり、こんな具合だ」

わたしは紙に書いて見せた。

しりとりや
○○駅に君
時雨かな

しりとりや
駅に○○君
時雨かな

しりとりや
駅に君○○
時雨かな

「わたし達の会った駅は……」と向井さんは駅名をあげ、「ひらがな二文字ではありません。だからこのA案というか、最初の〈○○駅〉はないでしょう。それに語調も悪いです。B案なら〈待つ君〉とか考えられますけど、わたしは別に、待っていたわけじゃありませんから」

「そう？」

向井さんは、ちょっと唇を突き出し、

「そうですよ。それに、二文字をどううまく補ったところで、結局は〈予想〉でしょう。うまく俳句の形がとれても、それが正解という証拠がありません」

「ところが――」

と、わたしは湯気の立っているお茶を飲んだ。おいしい。

「え、分かるんですか？」

「うん。鍵《かぎ》があるからね」

「はい？」

「これですよ」

わたしは、上五の言葉を指した。

「ご主人が書いた〈しりとりや駅に――かな〉が十字。あと必要なのは七字だ。ところが〈きみしぐれ〉は五字しかない。これをしりとりにしたら、七字になるでしょう」

向井さんは、狐につままれたようだ。

「どういうことです？」

「ご覧なさい」

わたしは、軽快にペンを走らせた。

きみしぐれ
＝
きみ＋
みし＋
しぐれ

「あ……」

「つまり、こうなる」

――君見し時雨。

あなたの姿を見た、冬の時雨の日。

〈見る〉に昔は〈夫婦となる、妻にする〉という意味もあった。国語の先生だったご主人は、それも知っていたろう。

激しい雨音が、出版社の一室に響いて来るような気がした。

ご主人は、ベッドに横たわりながら、これまでの様々なことを思い出したのだ。葛ざくらを口にした母、黄身しぐれを食べている父。

そして、自分が高校の制服に身を包んでいた時の、初冬のことを。帰りの駅で見た、雨のカーテンを前に、どうしようかとたたずんでいる女子高校生の、細い背中を。

それぞれに遠い日の、自分がいなくなれば消えてしまう、夢のような記憶だ。

向井さんは、文字の列を嚙《か》み締めるように凝視し、ゆっくり、

「ありがとうございます」

と、いった。

パトラッシュ

1

群青色を底に湛《たた》えたほどに深みがあり、それでいて日を受けて明るく輝く青。頂や削られたような谷を飾る雪の白が、山肌を、なおのこと引き立てている。

空は晴れ渡っている。

こんなにも風景の印象が鮮やかなのも、空気が澄み切っているせいだろう。

――ここは……高原なのだ。

「馬っ鹿野郎ーっ！」

という声が聞こえた。罵《ののし》りの言葉だ。しかし、激情のほとばしりというより、《ヤッホー》のように陽気に響く。

見ると、台のような岩の上に、カラフルな服装の女の子が立っている。十八ぐらいだろうか。掌《てのひら》でメガホンを作り、山並みに向かって叫んでいる。声は、清々《すがすが》しく空気を切り裂いて行く。

——こだまするかな？

と思うと、それを待っていたように、

「……野郎ーっ」

「……野郎ー」

「……野郎」

山が答えた。振り子の動きが小さくなるように、音は次第に消えて行く。

——女の子が《野郎》と、返されてもなあ。

その時、わたしの左で、

「ザンテイイチイです」

という人がいた。見ると、クリーム色の背広に、きらきら光る大きな蝶《ちょう》ネクタイ——まるでバラエティ番組の司会者だ。いや、実際、司会者らしい。手にマイクを持っている。

女の子は口の周りの手をはずし、ぴょこんと跳び上がる。

「やったーっ」

ガッツポーズをして喜んでいる。

してみると、あの言葉は《暫定一位》なのだ。どうやら、何かの競技をしているらしい。

「――では、お次の方」

司会者が、歯茎の見える笑い方をした。手がわたしに向けられている。

「……ほ?」

「どうぞ」

思わず、一歩下がる。相手は逆に、一歩詰め寄り、

「……どうぞどうぞ」

声が、合唱になった。ぎょっとして振り返ると、いつの間にか、コンサート会場の最前列に来たように、背後をびっしり観衆が埋めていた。

――ステージに上がらないと、いけないようだ。

流れが、そうなっている。

見上げる岩がステージだろう。出番の終わった女の子が、とんとんと下りて来る。ということは、階段がある。入れ違いにわたしが上がるのだ。

「……どうぞどうぞっ」

声に押され、段に足をかける。

気がつくと、上り道を、鳥居が連なるように、幾つものアーチが飾っている。そこに、ぱっと明かりが灯《とも》った。光の列。昼間のはずなのに、何故か、くっきりと輝いている。

一番高いアーチの上に、鳥居の額のように、文字の書かれた看板が掛けられている。文字を読んだ。

――《叫べ！》

ああ、そうかと納得した。

――大声コンテストだったんだ。

わたしは、一段一段、上りながら、考える。

――何て、いったらいいんだろう。

職場でつらいこともある。しかし、こちらの勉強不足のせいも多い。我が身を振り返らず、考えなしに《馬鹿野郎ーっ》なんて、怒鳴りたくない。

そう思って振り返ると、観客の中に副館長さんの顔が見えた。上がり気味の眉《まゆ》。いつも通り、《うっ》と息をつめたような表情だ。その後ろに、館長さん、学芸員さんもいる。職場の皆が勢揃い。応援に来てくれたのだろう。

――ありがとうございます。

これではますます、おかしなことなど叫べない、いえない。カツカツと、パンプスのヒールが鳴る。

迷っているうちに、早くも岩の上に来てしまった。

下から見るより広い。四畳半ぐらいある。向こうに山々が見える。ぎりぎりのところまで行ったら、先が絶壁になっているのかも知れない。想像すると怖い。

司会者の声が、せかす。

「さあ、お願いしますっ」

大観衆も、声を揃えて、

「――さあ、さあ、さあっ」

「ええと……」

つぶやく。岩の中央に、赤く足形が描いてある。どうやら、その位置に立つらしい。

足元を見ると、いつの間にか、わたしは裸足《はだし》になっていた。

――何か履いていたはずなのに……。おかしいな。こんな高原まで、どうやって来たのだろう。

ところが着ているのもパジャマだったから、裸足なのは、これでバランスが取れているのだと、納得した。

目の前に、ふわっと時計の表示が浮かんだ。五、六……と秒針が動いて行く。

――そうか、足の位置を決めたら、それから三十秒以内に叫ばないといけないんだ。

どこで聞いたのだろう。控室のようなところで、ルールの説明があったような気がした。三十秒ルール。

――それが決まりなら、……とにかく声を出さなくちゃあ。

わたしは、こぶしを握り、肘《ひじ》を張り、肩に力を入れた。背伸びをするようにして、口を開く。情けない声しか出ないのは分かっていた。それでも精一杯、がんばった。

「――パトラッシュー」

2

わたしは、右を下にして寝ていた。

二時頃だろうか。目を開くと、あの人の顔が前にあった。影になっているけれど、いつもの、軽く微笑んだような表情が、そこにあると分かった。わたしの握ったこぶしをくるむようにして、温かい掌が、柔らかく撫《な》でてくれていた。

「……落ち着いた?」

「……うん」

あの人の指が、わたしの頬を撫でる。

「……泣くほど疲れる仕事、するなよ」

――泣いていたんだ。

と、思う。

「……そんなわけじゃないけど」

「ふうん」

「山が、綺麗《きれい》だったよ」

「……山？」

わたしは、見ていた夢の話をした。

夢には色がない――という人がいる。わたしのそれは、いつも、とても鮮やかだ。青い山は、よく見る。視界を覆うほどに近いこともある。

色の着いた夢を見るのはよくないという人もいる。感受性が豊かなのだという意見も、当然ある。実際、芸術家のエッセーには、カラーの夢を見たことが書かれていたりする。そういう文章を読むと、

――仲間がいた。

と、思う。

大学時代の友達にも、わたしと同じような子がいた。その子は、授業で夢の話になった時、先生から、

――色の着いた夢を見るのは……。

と、ひどいことをいわれ、しばらく学校から足が遠のいていた。

そんなことは、というよりそれこそ――個性なのだし、あれこれいうのは、鮮やかな夢の記憶を持たない人のやっかみに過ぎない。

あの人にそんなことを話すと、

「美術の仕事をしてるんだから、色の着いた夢を見るのも普通だと思うよ」

あっけらかんとしている。何も就職してから、カラーになったわけではない。子供の頃からそうなのに。

で、仕事というなら、わたしは今、美術館の広報をやっている。今——というのは、募集の時、書かれていた任期が、とりあえず《三年》だったからだ。契約更新の時、延長してもらえるかどうかは分からない。

3

それはともかく、どんな夢だったかを話すと、あの人は、

「大声コンテストか」

といって、くすりと笑った。

「ほら、一緒に見てたニュースで、そんなのやってたでしょ？」

「——そうだったたっけ？」

と、あの人は疑問に疑問で返す。

「そうだよ。参加者が次々に、大声で叫んでた」

「ミドも、それに応募したんだ」

わたしの名前が翠《みどり》。緑したたるような春、一緒に山に行った時、カッコウを聴いた。

──ミ・ド。

とわたしがいうと、あの人は、

──何それ？

──カッコウの声だよ。翠の《ミ・ド》って鳴くんだよ。

──へええ。

安定した、確かな音程。

それ以来、あの人は、二人だけの時、わたしを《ミド》という。ただし、カッコウのようにではなく、平たくミドと。

「応募した覚えはないよ。いつの間にか、そうなってたの」

「──夢だからなあ」

「夢だからね」

「──で、何かいわないといけなくなったんだ」

「うん。山に向かって叫ぶの」

「それで、──《パトラッシュ》か」

わたしは、言い訳めいた調子で、

「頼りにしてるんだ」

と、あの人の頬を撫でる。うっすら夜のひげが出ている。男なのだ。

「でもなあ、やっぱり有り難くはないよ」

「そう？」

「――犬だからなあ」

あの人は、わたしが関わった最初の企画展の時、他館から借りた大事な絵を運んで来てくれた業者さんの一人だった。

夕方、荷物が届いた。それを掛けるパネルの壁の前で、梱包《こんぽう》が解かれる。用意された特別なスペースが、

――待っていたよ。

と、いわんばかりだ。

展覧会の目玉になる、フランドルの画家の絵だった。

掛け終えたところを、館長や学芸員さんも満足そうに見て、仕事に戻った。作業員の人も後片付けを終えて、箱や資材を持って離れ、ただあの人だけが絵を見上げ、立ち去り難そうにしていた。そんな、仕事の工程の中にあるちょっとした空白の時間。

あの人は、仲間がいないので気を許したのか、前の床に、作業着のお尻《しり》をつけて座り、絵を見上げた。

――子供の視点で見ているのか。

そう思い、わたしもつられてしゃがんだ。デニムのパンツにスニーカーだったので、自然にそういう体勢がとれた。あの人の背中が目の前にあった。

――大きな背中……。

秋の、夕方というよりもう夜になる時間帯だった。マスコミ対応のある時は、ジャケットを着る。更衣室に用意してある。でも、その時は、ニットのタートルだった。床から冷え冷えとしたものが上がって来るようで、清潔なのだけれど、しみじみと寂しかった。

ふと、昔、どこかで同じ経験をしたような気になった。遠い遠い昔。そして、あの人の背に向かって、思いがけない言葉を投げかけていた。

――パトラッシュ……。

口に出したわけではない。心で呼びかけたのだ。

『フランダースの犬』を、くわしく知っているわけではない。ただ、テレビの《懐かしのアニメ・ベスト何とか》といった番組で、少年と頼りがいのありそうな犬が、絵の前にいるところを見た。

――パトラッシュ、疲れたよ……。

ふと、あの人の背中に、もたれかかりたいような気になった。つぶやきは、確かに胸の中でしたのに、まるで聞こえたように、あの人が振り返った。

「——え？」

どぎまぎしてしまった。

「コ、コーホーです」

「はい？」

「広報の担当のものです」

あの人は頷《うなず》き、

「ああ、——広報ね」

と、立ち上がった。

「そうなんですよ」

と、わたしも立った。

4

それから、しばらくは会わなかった。次の次の次の展示ぐらいの時、また彼がやって来た。

——あ、パトラッシュ……。

と思うと、何だか心が温かくなった。目が合うと、彼がこくんと頷いた。

――覚えていてくれたんだ。

柔らかなもので繋《つな》がったように、ふわりと楽になった。

どちらからともなく話をし、外でお茶をするようになった。

「広報って、どんなことするんですか?」

「雑用が、とっても多いんです。お茶汲《く》みもしますよ」

二十七歳だったけれど、職場では若手だった。

「はああ……」

仕事をしていないと思われてもいけない。

「――お、主にはマスコミ対応と、ちらしやポスターの作成と配布と……」

「ちらしなんて、決まった型があるんじゃないですか?」

「色々と、条件によって変わるんです。安く上げるか四色以上使うか――とか。常設展か企画展かで違いますね」

「力の入れ具合?」

「はい。頼むデザイナーさんも別だったりします」

「そうなんだ」

「印刷所のアイミツを取って……」

「アイミツ？」

「相見積もりです」

「はあはあ」

大きな犬が息をしているようだ。

──分かったのかなあ。

「相撲を見てたら、解説でマエミツを取るっていってましたね」

「それは、まわしです」

あの人は、コーヒーを口に運びながら、

「分かってますよ」

「あ。……すみません」

二人で、笑った。

「広報さんて、どこの美術館にもいるんですか？」

「どこもってわけにはいきませんね。今、状況が厳しいし」

不景気なのだ。

「そうでしょうね」

「わたしの場合は、市長が代わったのが幸いしたんです」

「ほう」

「公約で、文化都市を目指す――みたいなことといったんです。政権が代わると何か新しいことしたいわけでしょ。うちの美術館は、県内でもトップだし特色もある。アピールするために、広報の職員を採ろうと――」

かなりの倍率だった。そこをくぐり抜けることが出来た。美術関係の大学を出た人は他にも多かったろう。わたしはといえば、アルバイトから続けて、しばらく出版社で編集のお手伝いをしていた。そういった経験がプラスアルファになったのかも知れない。

政権交代すると、事情がたちまち変わるかも知れない。となれば、人員整理の対象になり得る。

5

ごく自然に、前からずっとそうだったように、二人で暮らすことになった。

そしてわたしは、ふと雲に乗ったようになった時、

――パトラッシュ……。

と、つぶやいてしまった。

彼が、わけを聞いて、

「……でもさあ、あれって……ハッピーエンドじゃないんだろ?」

それは関係ない。わたしの頭の中で、本来の物語とは関係なく、わたしと《パトラッシュ》との溶けるような一体感が生まれていた。

一緒にいることで、完全なメロディーを奏でられる関係というのはあるものだ。

外では黙っているけれど、二人だけの時には、

――パトラッシュ。

と口にすることもある。秘密の合言葉のように。

誰にもいえなかった自分の失敗なども、話せるようになった。

「最初の頃、きちんとした格好のつもりで履いてったパンプスが、問題だった」

「どうして」

「ヒールの音が、お客様の耳につくタイプだったの」

「なるほど」

「鑑賞の邪魔になるからNG――と、そっと教えてもらった」

あれもこれも、経験によって学んで行く。

広報の仕事は、展覧会が近づいて来ると、高尾山《たかおさん》が日本アルプスになるように、格段に忙しくなる。

お客さんは、

――美術館は、閉館時間で終わり。

と思うかも知れない。そういうわけにはいかないのだ。

ちらしやポスターも、出来て終わりではない。郵送リストの原案も作成する。許可を得る。発送する。

ちらしを置いてもらうリストは、企画展ごとに更新するものだ。

――そういう展覧会なら、まずここだろう。

というところに発送出来ていなかったら、と不安になる。

心配し始めたら切りがない。

大きな企画展の場合、会期直前にマスコミ向け内覧会がある。記者会見も行う。その進行が時間通り行くか。

――どきどき。

内覧会の時、何日もかけて作成した資料のパワーポイントが作動しなかったらどうしよう。

――どきどき。

勉強不足で、記者さんの質問にさっと答えられなかったら……。マスコミ向けの資料に誤字があったら……。

――どきどきどきどき。

心身共に疲れ切り、夜遅く帰った時には、思わず床に手をついて、

「……パト……ラッシュ……」

と、呼んでしまう。

するとリビングの方から、あの人も這《は》いながら現れ、

「うぉん」

「……疲れたよ」

「うぉんうぉん」

「ああ……、パトラッシュ……」

じゃれていると、心の海が凪《な》いで来る。やりがいのある仕事をしていると思え、背筋が伸びて来る。

たとえば、ナイアガラの案内をする。その位置や、全長や高さを数値で示すだけではない。わたしたちがしているのは、鬱蒼《うっそう》とした林の中の道を行きながら、遠く轟々《ごうごう》と鳴る滝の響きに気づいてもらうことではないか。やがて、迫る水の気配を頬に感じてもらうことではないか。霧のような水気。そして、道は林を抜ける。旅行者の眼前に、それが現れる。

——ああ……。

という、その表情のために、わたしたちは働く。

さて、そんな繁忙期の十時頃、彼からメールがあった。

——今日、何時頃帰る？

帰宅時間の確認は珍しい。いつにないことだ。もうちょっとかかりそうだったので、

——十二時、過ぎそう。

と、返した。

言葉通りに日がかわってから帰り、すぐにシャワーを浴びようとお風呂《ふろ》場に入った。

その瞬間、かすかに漂う香りを感じた。

慣れてしまえば分からなくなる。キウイフルーツを半分に割った時、ふわりとこぼれて来るような、爽《さわ》やかで甘酸っぱい香り。いや、甘いよりは酸っぱいの方が強い。

それは、わたしが、ごくたまに使っているボディスクラブの香りだ。

——彼は、そんなもの使わない。そもそもボディスクラブなんて、存在自体知らないはずだ。それなのに、この香り……。

不安が、覆うもののない身を包む。

——なぜ……？

6

──そういえば、今日に限って帰宅時間を聞かれた。
ボディスクラブを使うのは、女性だ。わたしの心臓が、ミ・ド、ミ・ド、ミ・ドと、
いつもより早く打ち出した。
けれども冷静に考えれば、仮に浮気をするにしても、一緒に住んでいるところに呼ぶなんて大胆過ぎる。それに、
──夜中過ぎになると、前もっては、断っていなかった。
わたしが、早く帰ることも考えられた。そんな状況で、女を引き入れ、お風呂まで使わせるわけがない。
心臓のリズムが落ち着き出す。
身体を洗おうとボディソープに手を伸ばす。押しても猫のくしゃみのように、頼りない音がするだけだ。切れていた。
──あ……。
そういえば、お風呂に入ろうとして浴室乾燥のスイッチを切った時、表示されていたのは、残り、
──**3時間**
乾燥の設定は六時間。彼が、お風呂から出て濡《ぬ》れた指で、スイッチを押したのが十時頃ではないか。その指が、帰宅確認のメールを送ったのだ。

わたしの頭の中で、あの人の映像が動き出す。
お風呂に入った。
ボディソープが切れていた。
そこで、普段使わないボディスクラブに手を伸ばす。
使ってみたが、違う。
これは、いけない。
買って来てもらおうか。
わたしの帰りが、ドラッグストアに寄れる時間なのか確認しよう。
メールした。
夜中過ぎる、というので、あきらめた。
——完璧《かんぺき》な推理だ！
名探偵になったようだ。小鼻が、自慢するように動く。
お風呂から出ると、早速、彼に披露した。
——ご名答！
と、拍手喝采《かっさい》されるかと思ったら、

「ボディスクラブ？　ああ、あれね。うっかり倒しちゃった。——こぼれたんだ、ごめん」

拍子抜けする。

「じゃあ何で、あんなメールくれたの？」

「洗濯物があったから。——時間が合えば、ミドが今日着てる服も一緒に回したかった」

合理的なはずの推理の材料は、彼の合理的な考えから出たものだった。

その夜は、次の日がお休みだったので、深夜番組をつけた。たまたま、ピアノのデュオをやっていた。男の人と女の人が弾いていた。

ラベルのボレロから始まった。光を浴びたピアノの、蓋《ふた》を開けられた中が、芳醇《ほうじゅん》なウィスキーを湛えているように見えた。

旋律は絡み合い、迷いなく進んでいく。

時にカメラは真上から舞台をとらえる。二つのピアノの、雲形の体が、身を重ねるように擦り寄っていた。お風呂上がりの夜の目には、たまらなくエロチックだった。

わたしたちは、テレビに向き合い、こたつのひとつの側に足を入れていた。わたしはそのまま身を傾け、

「ねえ、パトラッシュ……」

と、彼の胸に頬を埋める。

「うん」

ピアノの調べは、高揚して行く。

「わたしのことも、パトラって呼んでいいよ」

「何それ？」

わたしは、あの人に向かって、いい顔をする。

「……クレオパトラ」

あの人は、ドライヤーをかけたわたしの髪を、くしゃくしゃと撫で、呆《あき》れたようにいった。

「勝手だなあ」

春になり、とりあえず契約が三年延長され、ほっとした。わたしとあの人は——といえば、結婚し、

——チーム・パトラーズ。

になった。

解釈

1

初夏の日曜日。夜空の月は細い。書店の明かりが、闇にぽつんと浮かぶ。

人通りの少ない町外れだ。通勤通学の客が、ふらりと立ち寄ってくれるわけでもない。ＤＶＤのレンタルショップを兼ねてもいない。大型店でもない。

癖のある品揃えを気に入り、時に鈴掛け並木の道を抜け、車で来てくれる客も何人かはいる。しかしながら、到底それだけで、やっていけそうにはない。

要するに、今にもつぶれそう――なのに何とか店を続けている。この町の七不思議のひとつになろうと努めているようだ。

店主が朝寝坊なのか、営業時間は昼過ぎから、夜の十時頃まで。その店が、そろそろ閉まろうかという頃、遅い外食を終えた一家がふらりと立ち寄った。

三台分ある駐車スペースの端に停め、水のような月夜の空気の中を抜け、店に入って行く。

「野球、どうなったかな」

と父。

「スープの味が落ちたわねえ、あの店」

という母。

「なっつかしい。ここ、一年前に来たよねえ」

と娘。

一年前がもう懐かしい娘は、高校の一年生。コミックのコーナーに向かう。母親は、旅行案内などの並んでいる前で立ち止まる。そこに、この地域の名店紹介本も平積みになっている。手に取り、ぱらぱらとめくり、今、行って来たばかりの店のページを開く。

「どうだ」

と、父が覗《のぞ》き込む。

「褒めてる」

「そうか」

「だけど、ほら、見て」とページをめくり、

「——こっちまで、おいしいって。よくないのにねえ」

「辛口批評は、しないんだなあ。まあ、載せるってことは褒めるってことか」

母は、お気に入りの別の店の紹介を開き、

「やっぱり――ここよね。早く、秋にならないかな」

というにはわけがある。そこでは、紅葉の頃から栗のスープが出る。一口すすって、しめしめ、と思うような味。これが一家の、季節の楽しみだ。

「ネットだと、褒めない声もあったけど」

たまたまネットを見ていたら、味以外のことが書かれているのを発見した。

「《奥さんが無愛想》――か」

「そうだったわね」

思ってもみない言葉だったから、びっくりした。店の奥さんは、真面目そうな好感の持てる人だった。

「主観は様々だからな。公平ってわけにはいかない」

「でも、あれ読んだ人は《嫌な感じの店》って思う。刷り込まれちゃうでしょ。怖いよねえ」

紹介本を置き、棚を見ながら歩く。父がいう。

「この間、ある雑誌、見てたら、エッセー欄に書評書いてる人がいた」

「うん?」

「《さすが》と感嘆した本について、ネットで悪評が並んでいたんだって。それも、根拠のない非難。全く読めてない連中が、とんちんかんな悪口いってる。自分に、その本に立ち向かう体力がないのに、気づいてない。歯が立たなかったんだな。――それなのに、叩《たた》かれない蚊が調子に乗って刺しまくるように、気安く傷つけてた」

「怖いねえ」

「読む――のは難しい。そんな評だけ読んだら、駄目な本だと思う。手に取らなくなる。――《これではいかん》と怒って、《今回は、その本がどうして傑作なのか、どこがいいのか。よく分かるように書く》っていうんだ」

「でも、ネット見た人が皆、その雑誌読むわけじゃないからねえ」

画集のコーナーには、普通の書店では見かけないような個性的な本が並んでいる。背表紙を眺めていると娘が後ろから来て、

「ねえ、『走れメロス』ある？」

「ああ、それならこっちだ」

一緒に、文庫本のコーナーに向かう。

「『メロス』、読みたいの？」

と、母。

「うん。――何だか、中学生の時のこと、思い出したんだ」

娘にとっては、懐かしい昔の話だ。父が頷《うなず》き、

「教科書に出て来たか」

「それもそうなんだけど、《三年生を送る会》」

「ほう?」

「先生たちが『走れメロス』、やったんだ」

「劇か?」

「うん。——面白かったあ。みんな、ゲラゲラ大笑い」

「笑ったんだ、——『メロス』で」

「そうだよ。若い先生がメロスになって、暴君、殺しに行くんだもの」

「暴君も先生だ」

「うん。生徒指導の先生」

「そりゃおかしい」

「——メロスが、身代わりになってくれる親友と抱き合うところなんて、大受けだったよ」

普段は、先生のそんな姿など見られないだろう。

「『走れメロス』だと、みんな分かるからなあ。分かるから面白いんだ」

あの『メロス』が、こんな形になって目の前に出て来る。その《ずれ》の面白さ。

「そうだよね。うまいこと、考えたよね。他にもさ、妹の結婚式の場面で、《お客のやる余興です》ってことにして、先生たちが隠し芸やったの。歌ったり、手品やったり、ギターひいたり――」

「なるほど」

「悪い奴らとのアクションシーンもあるし」

「――そう考えると、ぴったりの素材だな」

「お父さんも、太宰《だざい》、読んだ？」

「ああ。高校生の最初の中間テストの時だ。明日《あした》っから試験だっていうのに、勉強する気になれなくて、『人間失格』読んだな」

「その題、聞いたことある」

「読み出したらやめられなくて困ったよ。時間がどんどん経ってなあ」

「わたしも、高校生の時、読んだわ」

と母。父は、

「あの最初の方で、主人公がいってた。女が泣き出したら、何か甘いものをやれば機嫌が直る――って」

「あら、そう」

「思い当たるかい」

「ちょっとはね」

「小さい頃から、その手でピンチを切り抜けて来たんだって。——そうやって泣き止んだ女に、主人公は《何か面白い本がない？》っていわれた。さて、そこで渡した本は——何だった？」

「えー、そんなとこ、あったっけ」

「あったんですよ、これが」

娘が、こだまのように、

「あった、あった」

棚から抜き出したのは『走れメロス』だ。

「ちょっと待てよ」

と父の方は、蟹《かに》のように書棚の前を横に動く。母は、目の前に指を伸ばす。

「やっぱり、川上弘美《かわかみひろみ》だよね」

『蛇を踏む』を開きかけたところに、父が厚めの一冊を持って来る。

「これこれ」

「え？」

「さっきの——ほら、女にすすめた面白い本」

——『吾輩《わがはい》は猫である』。

三人が、それぞれの本を手にした時だった。

光るマーマレードを全体にまとったような、人間ぐらいの大きさのものが、その場に現れた。形は定まらない。妙にふわふわしている。

通路を通って来たのではない。いつの間にか出現したのだ。

人なら手の位置に当たるところから、三つの突起がふうわりと浮き上がり出す。

「……？」

誰か、何かいいかけた。誰かはよく分からない。状況全体が、混沌《こんとん》としかけていたのだ。空気が、というか、場が、というか、そんなものが、きゅるりとねじれる。マーマレード色の突起の先が輝く。動く。それにつれ、三冊の本が宙に浮き、ゼリーにくるまれたようになった。像のピントがずれ出すように、本の姿は二重になり、その一方が吸い取られるように……。

2

「これが《本》というものです」

物体コピー機を通して、円盤内にその三冊が送られて来た。

新星探査隊の基本情報調査官カルロロン・カルロロンロンロン・カルロンロンが、実体化したそれらに手を伸ばす。

「この星の生命体も言語を持ちます。それだけを見ますと、比較的、高度の文化を持ち得る存在だと分かります」

画面上に、何人かの男女が映写される。

「――それがこの種類の生命体で、《人間》と呼ばれています」

艇長のガルブレン・ガルブレンレン・ガルブレーンが、身を乗り出す。

「で、この《本》なるものが、彼らの記録装置なのだな」

カルロロンが頷く。

「はい。言語を文字化し、ここに印刷しています」

「原始的な形態だ」

「はい。それらが《本屋》という機関に置かれ、各地の人間に配布される――という仕組みです」

「うむ」

「今まさに、三人の人間が本屋に入り、《本》を手にしたところです。――この星における、生命体中、任意の三人。それらが同時刻に手にしたものであります」

「つまり、――これらが、流通する《本》の典型的サンプルというわけだ」

「はい。生きて動いている人間が、たった今、手にしていたものです」

カルロロンは、用意の翻訳機にその本をかけていく。

「まず最初の一冊は、夏目漱石《なつめそうせき》著『吾輩は猫である』――『わたしは猫だ』」

《猫》というのは、固有名詞でも役職でもないな」

「はい。こちらをご覧ください」

猫の映像が映し出される。尻尾《しっぽ》を振っている。

「これが《猫》というものです。人間とは別種の生命体です。横にスケールが出ておりますが、比較すると、かなり小さくなっております」

「『わたしは猫だ』。――すると、言語を持つ生命体は《人間》だけではない――ということか」

「そうなります。この星では、猫と人間の同居例は珍しくない。部族間での大きな諍《いさか》いはないようです」

「友好的関係なのだな」

「さようで。――このように、猫の書いたものを人間が読むところからも、それがうかがえます。――同居している場合、人間の方からよく猫に話しかけているようです。《ナントカちゃーん、ご飯、食べまちたか。おいちい、おいちい》などと擦り寄っております。それに対し、猫側からの言語対応は、一般的に冷淡です」

「ふむ」

「言語交流について申し上げますと、両者間で、数時間に及ぶ話し合いの持たれた例は、まだ発見出来ません」

「それだけ接触しているのに――か？」

「はい」

「様々な問題もあろうに、どう折り合いを付けているのか……？」

ガルブレン達は、以心伝心ということを知らない。

「――よし、続けろ」

「冒頭は、《吾輩は猫である。名前はまだない》……《わたしは猫だ。名前はまだない》」

「待て」

ガルブレンはいぶかしげに、全身を揺らした。理屈に合わない言葉を聞くのは、愉快ではない。

「おかしいぞ。――確かに、そう書かれているのか」

「はい」

「名前はあったろう」

「はい。著者は――」カルロロンは、注意深く翻訳機の画面に目をやり、「――夏目漱石です」

艇長ガルブレンは語気を強めた。

「矛盾だ！」

カルロロンは、自分の落ち度のように身を縮め、

「過去を回想し、《わたしは当時まだ無名であった》と、謙遜《けんそん》しているのではないでしょうか。――察するところ、この記録完成後、何らかの勲功により、《夏目漱石》という名を得たのかと――」

「すると、称号的なものか」

カルロロンは、へつらうように、

「そのような可能性もあるのかと――。あるいは、《これ》を書いたということ自体が評価されたのかも知れません。それにより、記録がまとめられた際、著者名が入ったのではないでしょうか」

「そうか。――とにかく、ことは明晰《めいせき》をもってよしとする。書き手が、夏目漱石であることは明白だ。翻訳機が《わたし》としても、以下、紛れぬよう、夏目漱石と置き換えるように」

「かしこまりました」

カルロロンは、命令通り、機械の設定を変えた。

おさんは、夏目漱石を見たとたんに、いきなり、首筋をつかんで表へほうり出し

た。

「《おさん》は固有名詞。人間であります」

「よしよし。事態がつかみやすくなって来たぞ」

　腹が減ったのと寒いのはどうしても我慢出来ない。夏目漱石はふたたび、おさんの隙をねらって、台所へはい上がった。すると間もなくまた投げ出された。夏目漱石は投げ出されてははい上がり、はい上がっては投げ出され、なんでも同じことを四、五回、繰り返したのを覚えている。

「うーむ。夏目漱石というのは、あわれな奴だなあ」

「おっしゃる通りです」

　その時に、おさんをとても嫌いになった。

「耐え兼ねた夏目漱石は、この後、おさんへの復讐《ふくしゅう》を企てます。おさんの飼っている馬を三頭、盗んでいるのです」

「——馬？」

「はい」

カルロロンは、この星の資料画像集の中から、《馬》を選択した。スイッチを押すと、その姿が映される。歩いたり、走ったりしている。

「これは——かなり大きいものではないか」

《猫》の画像と比較すると、小山のようだ。

「さようで」

「おさんというのは、家の手伝いをしている者だろう」

「はい」

「主人と同居しているのだな」

「そのようで」

「手伝いの身で、こんな大きな生命体を三頭も飼っていたのか」

「そのように書かれております」

カルロロンは、該当箇所の原文を見た。人間の言葉ではこう書かれていた。


この間おさんの三馬《さんま》を偸《ぬす》んでこの返報をしてやってから、やっと胸の痞《つかえ》が下りた。

翻訳画面は、こうなっている。

この間おさんの三頭の馬を盗んでこの仕返しをしてやってから、やっと胸がすっきりした。

「手伝いの住む部屋で、それだけのものが飼えるとは——。なるほど、かなり大きな家に住んでいるわけだな。——それにしても、夏目漱石は猫、これだけ小さいのによく、馬を盗み出せたな」

「よほど、狡猾《こうかつ》な奴と思われます」

「うむ。——しかし夏目漱石は、それから馬をどうしたのだろう。盗んだところで、手にあまるだろう」

「おそらくは、逃がしてやったのでしょう。おさんの失望落胆を見て、快哉《かいさい》を叫んだものと思われます」

「ふーむ。——嫌な奴だ」

しばらく行くと、夏目漱石は、だいぶ、この家に慣れて来る。

「家の主人が昼寝をしていると、夏目漱石は背中に乗って休みます。食べ物のジャーの上、暖房装置の上などでも寝ています」

「ぐうたらしているのだな、夏目漱石は。働かないのか？」

「どうも、そのようです。一番、気持ちのいいのは、子供たちのベッドに入って寝ることだと証言しています」

「ふむ」

「我々の子供は徐々に成長します。幼いうちは、汚れなくあどけないものです。しかし、この星の、――人間の子供は、まだ小さいうちから、同族である人間に対し、とんでもない悪事をなすようです」

　ガルブレンは声を強めて、

「それだ！　――そういうことを知りたいのだ。我々と同じような高度の文明を持ち、同時に争いを好まぬ生命体なのか。それを知りたい。子供たちについて、どう書かれている？」

「はい。夏目漱石はいっております。人間と同居し、彼らを観察すればするほど分かった。彼らはまことに我がままである――と。特にその子供は、自分の思うがままに、――人間を逆さにしたり、頭に袋をかぶせたり、ほうり出したり、はては、調理用の器具をかけ下から火を燃し煮たきするところの設備の中に押し込んだりするそうです」

　ガルブレンは一瞬絶句した。ややあって、吐く息と共に、

「信じられん凶悪さだ。成長の過程にある子供が、同族にそのようなことを——」

原文では、こうなっていた。


ことに吾輩が時々同衾する小供のごときに至っては言語道断である。自分の勝手な時は人を逆さにしたり、頭へ袋をかぶせたり、ほうり出したり、へっついの中へ押し込んだりする。


「——そら恐ろしい連中だ」

「全くです。この一事をもってしても、我々が友好関係を結び得る相手ではなかろうと——」

「もう少し先を見てみよう。とにかく今は、正確な資料の収集が肝要だ。夏目漱石は猫。それだけに、人間について冷静な目で見ているだろう。——同居している家の主人について、どのように書いている」

「はい。《俳句》や《新体詩》というものを作っている——と書いております。共に一語対応の適切な訳語がありません。《ことに当たり浮かんだ心の動きを、言葉にまとめたもの》となっております。《俳句》の方が短いものです」

「ふむ。日常に起こったことを記録しておこうというのだな」

俳句をやってほと、ぎすへ投書をしたり、新体詩を明星《みようじよう》へ出したり、

「その部分は、こうなっております」

ことに当たり浮かんだ心の動きを、言葉にまとめた短いものを、ホトトギスという鳥に書いて投げたり、ことに当たり浮かんだ心の動きを、言葉にまとめたものを、太陽系二番目の惑星に向かって提出したり、

「何だ、これは？」

「《明星》とは調査の結果、彼らの言葉で《金星》のことであると分かりました」

ガルブレンはいら立ち、

「分からないのは、そこではない。――なぜ、書いた記録を鳥に投げ付けたり、星に向かって打ち出したりするのだ」

「はあ……」

「ロケットの費用だけでも大変だろう。我々の科学力をもってしても、異星間物品移動は簡単ではないのだぞ」

「はあ」

「この生命体のやることは、どうもよく分からん。この《本》は、もういい。――次のサンプルを出してみろ」

3

カルロロンは、おそるおそるいう。

「では、続きまして、太宰治《おさむ》『走れメロス』でございます。書き出しは《メロスは激怒した》……《メロスは激しく怒った》」

「その様子を、太宰治が見ていたのだな」

「はい、記録しておりますので」

「何を、どう怒ったのだ」

カルロロンは、翻訳画面を目でせわしく追い、要点をつかむ。

「政治を執る主権者が、恐怖政治を行っているのです。そこで、この主権者を殺そうとします」

「殺す？　……どうして、リコールを申請しないのだ」

「まだ、政治制度が整備されない過去の記録のようです」

「そうか」

「ところがそれに失敗し、捕らえられます。死刑を宣告されますが、《妹に結婚式を挙げさせたいので、三日の猶予をくれ》と、いいます」

「うむ」

「《そんなことをいって逃げるつもりだろう》といわれたメロスは、身代わりを差し出すといいます。セリヌンティウスという友人に、人質になってもらうというのです」

「なんだと？」

と、ガルブレンは、身をよじった。

「――太宰治は何をしているのだ。ことの一部始終を見ているのだろう」

「そうなります」

「主権者殺害の企てを知りながら反対もせず、捕まるところから尋問の場まで一緒にいるのだぞ。それだけ身近にいながら、見て見ぬふりか」

「はあ」

「《身代わりなら自分がなる》と、なぜ、いわん」

「それだけの親友ではなかったのでしょう」

「薄情な奴だ」

カルロロンは、返答に困りつつ、

「このセリヌンティウスですが、――メロス以外にも、友達がいるようです」

「人気のある者なら、そうなるだろう」

「その相手というのが、実は、――人間ではないのです」

「ふーむ、異種生物と友好関係にあるのだな」

「はい。相手は馬なのです」

「――馬？　さきほどの生物か」

カルロロンは頷いた。

「さようです。しかしながら、この星の生物《馬》中から、セリヌンティウスの交際していた馬を探したのですが、見つけられませんでした。よほど特殊な生物かと思われます」

原文では、こうなっていた。


竹馬《ちくば》の友、セリヌンティウスは、深夜、王城に召された。

「セリヌンティウスを身代わりとして残したメロスは、村をめざして、すぐに出発します」

メロスはその夜、一睡もせず十里の路を急ぎに急いで、村へ到着したのは、翌《あく》る日の午前、陽は既に高く昇って、村人たちは野に出て仕事をはじめていた。メロスの十六の妹も、きょうは兄の代りに羊群の番をしていた。よろめいて歩いて来る兄の、疲労困憊《こんぱい》の姿を見つけて驚いた。

ガルブレンは、うなった。

「真に驚くべきは、太宰治の健脚ぶりだな」

「さようでございます。メロスは、これだけまいっている。それなのに、ついて来る太宰治に、疲れた様子が全くございません。自分については、苦しいとも息が切れたとも、書いておりません」

「とんでもない体力の持ち主だ。——恐ろしい奴、太宰治」

「——メロスでございますが、妹に結婚式を挙げさせ、再び都に向かいます。洪水の川を泳ぎ渡りますが、次に山賊たちが現れます」

山賊たちは、ものも言わず一斉に棍棒を振り挙げた。メロスはひょいと、からだを折り曲げ、飛鳥の如く身近かの一人に襲いかかり、その棍棒を奪い取って、

「気の毒だが正義のためだ!」と猛然一撃、たちまち、三人を殴り倒し、残る者のひるむ隙に、さっさと走って峠を下った。


「けしからん」

「はい」

「凄《すさ》まじい体力を持ちながら、太宰治は何をしているのだ」

「記録を取るために、傍観しているものかと思います」

「それで、よくメロスが納得しているな」

「その辺は――理解しかねますが、確かに異様な状況ではあります」

「しかも、この記録のタイトルは『走れメロス』ではないか」

カルロロンは、画面を見返し、

「はあ……」

「協力もせず、傍観者の立場をとり続け、それでいて《走れっ、メロス!》――と命令するのか」

「……そういうことになります」

「わしなら、気を悪くするぞ。――お前は平気か?」

「いいえ。わたくしでも、いささか、むっといたします」

「それなのに、太宰治に対して抗議するような場面はないのか」

「全くありません。——思うに、あまりのことに怒りの感情を通り越し、徹底的に無視しているのではないでしょうか」

ガルブレンは、釈然としない様子だ。

「どうも、よく分からん。——最後の一冊は何だ」

4

「川上弘美の——『蛇を踏む』です」

「——蛇？」

「このような生命体です」

画像が出る。長すぎる。

「人間とも猫とも、かなり違った形だな」

「さようです。——川上弘美は、《ミドリ公園に行く途中の藪《やぶ》で》その《蛇を踏んでしま》います」

蛇は柔らかく、踏んでも踏んでもきりがない感じだった。

「踏まれたらおしまいですね」と、そのうちに蛇が言い、

「蛇も、言葉をあやつるのだな」

「はあ。察するところ、この星の生命体の多くが口をきくようです」

それからどろりと溶けて形を失った。

「なるほど、いわゆる不定型生物——というわけか」

「はあ……」

煙のような靄《もや》のような曖昧なものが少しの間たちこめ、もう一度蛇の声で「おしまいですね」と言ってから人間のかたちが現れた。

ガルブレンは、しばらく声を失っていたが、

「——ということは、つまり《人間》というのは、《蛇》が変形してなるものなのか」

カルロロンは、あわてて調査資料を検索する。

「《おしまいですね》……《終わりですね》となっています。つまり、踏まれると

《蛇》としての生命を失い、《人間》としての生命を得る……わけでしょうか」

「実に不思議な繁殖形態だ」

「他の星でも、そのような例はありませんでした。確かに特殊です」

「しかし、この星でコンタクトをとるとすれば、相手はやはり《人間》ということになるのだろう」

「はい。最も数の多い知的生命体で、文化レベルも、まずまずかと――」

「しかし、下位生命体かと思える《蛇》が、《人間》になることを、喜んではいないようだな」

「そのようです」

「この件に関して、川上弘美はどう記録している。――《おしまいですね》以外に、蛇の証言はないのか」

「はあ。こうなっております」


「踏まれたので仕方ありません」


ガルブレンは、不快げに体を揺らす。

「仕方がないからなる。《人間》とは、その程度の生命体か。相手にすることもなさ

「そうだな」

5

マーマレード色の大きさのものは、その色を次第に薄め、最後には湯気のようになって消えうせた。

今、見えるのは、ただの書棚の列だ。父も母も娘も、互いの、飴《あめ》をしゃぶりかけたような口元を、おかしげに見つめていた。

父がいう。

「どうした、何かいいたそうだぞ」

「あなたこそ」

娘は、大きな目をぱちぱちさせ、

「何だか……あたし、立ったまま、居眠りでもしてたような感じ……」

そして大きなあくびをした。母も、それにつられる。

「何だ、お前ら……」

といった父も。

「あなただって」

「あくびは、うつるもんだ」

それぞれの手の本を、読んだものもまた読み直してみるかと買い、揃って外に出た。

　父が、ふっと空を見上げた。

「どうしたの？」

「──何だか、この本について変なこと、いわれたような気がしたんだ」

「上の方で？」

「うん」

「おかしな電波でも、受信したんじゃないの」

　父は首を振りつつ、思った。

　──いずれにしても、読むというのは難しく、また面白い。

　月の位置は移っている。星が小さく光っていた。

「野球、勝ったかなあ」

　と父。

「また、栗のスープ飲みたいわね」

　という母。

「走れ、メロス！」

　と娘。

三人の乗った車は、夜の道を家に向けて走り出した。

挿画／和田 誠（『本漫画』毎日新聞社刊より）

続・二銭銅貨

上

平井《ひらい》さんが、訪ねて来た。

汽車の中で、「今日は日曜だ」と気づき、わたしが家にいるだろうと思った、というより決めてしまったそうだ。そして、途中下車した。こうと決めたらきかない子供のようなところは、昔のままだ。強引さと引っ込み思案とが同居している。

国民服に丸眼鏡、時節柄、栄養が行き届かないのか、随分と面やつれしている。だが、レンズ越しにこちらを見る目は、ギラギラしている。何かに集中している時、例えば、探偵小説の話を始めた時の平井さんは、いつもこうだった。まことに懐かしい。

最後に会ったのが、大正の末だから、もう二十年近く前になる。今では年賀状のやり取りをしているだけだ。平井さん——いや、今となれば、日本中に知れ渡った筆名でいった方がよかろう——江戸川乱歩《えどがわらんぽ》さんが、わが家のちゃぶ台の前にドッカと座った。

「ご家族が疎開なさった……?」

とわたしは、先程、庭先でチラリと聞いたことをいった。

「ええ。福島の方にやりました」

「おくには……確か、西の方だったでしょう」

「本籍は、三重の津《つ》です」

「方角が逆ですね。三重には行かれないのですか」

家族は自分の田舎にやるのが普通だろう。だが乱歩さんは、口ひげの下の唇を突き出すようにして、

「どうもね、伊勢《いせ》湾に海軍が集結するという噂がありまして。——そうなったら、あの辺りも空襲の危険性大です」

「なるほど」

途方もない夢を描く一方、実生活では妙に細かく、現実的だ。初めて会った、まだ若い頃からこうだった。

要するに、乱歩さんは大いなる矛盾の人だ。

「汽車が、大変だったでしょう」

ご母堂と奥さんを、疎開先まで送った帰りなのだ。乱歩さん自身は、一人で池袋《いけぶくろ》の家を守る。お子さんは、海軍航空隊に行っているという。

「いやあ、ひどい混みようで——全く、死ぬ思いでしたよ」

乱歩さんは、家内の出した茶をゴクリと飲んだ。そして、身を乗り出すようにしていった。

「——埼玉に入った辺りで、あなたのことを思い出しましてね。そうだ、このまま行けば、あなたの町を通ると気づいたんです」

「ほお」

「座席に座っていたら、死守する気になったでしょう。座っていける機会を逃す手はない。だが、そんなことは無理な話だ。立ち通しです。体がネジ曲がるほど混んでいる。苦しくてたまらない。——それにね、こういうご時世だ。今、あなたに会っておかないと、僕の方が、いつどうなるか分からない」

「まさか、そんな」

「いや、冗談ではない。焼け野原の東京をご覧になれば、実際、そういう気持ちになりますよ」

「それはどうも——」

「気にかかることを、この世に残すのはつらい。あなたに会える機会も、これが最後かも知れない。そう思うと、矢も盾もたまらず、汽車から降りてしまいました」

といって、乱歩さんはわたしの眼を見る。

「……よく、うちの住所を覚えていらっしゃいましたね」

「この一年ほど、ずっと、お伺いしようかと考えてはいたのです。ところが、この騒ぎでしょう。町会の仕事やら、戦時農園の世話やらで暇がありませんでした」

「食糧増産ですか」

「ええ。うちの庭をお見せしたいですな。南瓜《かぼちゃ》や里芋、玉蜀黍《とうもろこし》。どれも、ぐんぐん成長しています。人間の方が元気がないのを悟っているような勢いです。俺達の世の中だ、といっている。そんな気さえします。戦争前と同じ庭とは思えない。ツタやツルが、不思議な手のようにどこまでも伸びて行く」

「『パノラマ島』のように？」

乱歩さんは呵々《かか》と笑い、やがて、その笑いをおさめると、

「いや。僕の書いた物でいうなら、今日、話すべきは『二銭銅貨』のことです。あれを、日本における近代探偵小説の嚆矢《こうし》といってくれる人もいる。あそこから、近代日本の探偵小説が始まるとね。――実際、僕もそう思った」

乱歩さんは、一拍置いて続けた。

「――あの話を、聞いた時には」

わたしは、緩やかに手を振った。

「いやいや、もうわたしとはかかわりのないことです。とうの昔に忘れました。『二

銭銅貨』は、作家江戸川乱歩の出世作。誰もがそう思っているし、それが正しい」

乱歩さんは、わたしの言葉には構わず、次のようにいった。そして、ジロリとわたしを見た。

「ごく稀《まれ》にですが、いわれるのですよ。あの作品の語り手は誰か――とね」

中

「あの泥棒が羨《うらや》ましい」二人のあいだにこんな言葉がかわされるほど、そのころは窮迫していた。

――これが、有名な『二銭銅貨』の書き出しである。実に見事なものだ。最初の一句で、もう読む者の心をつかんでいる。泥棒を羨ましがるほどの貧窮の底にあえいでいるのは、松村武《まつむらたけし》という男と「私」である。

「あの語り手ですがね、何人かの読者は、《明智小五郎《あけちこごろう》の若き日の姿》と決め込んでいた。僕の書く物の主人公なら、そして頭が良く最後にしてやる人物なら、これは明智と思われても仕方がない――かも知れない」

「しかし、あれは、あなたの最初の作品だ。まだ、自分の持ち探偵など考えてはいない。――明智小五郎の影も形もない。そういう頃に、書いたものでしょう」

「そうです」

「となれば、書き手は作者というのが、無理のない考えでしょう。実際、わたしが団《だん》子坂《ござか》に伺った頃、あなたは《古本屋の二階》で友達と二人暮らしをしていた」

乱歩さんは、顎《あご》を撫《な》でながら、その頃を思い返す。

「……井上《いのうえ》君だ」

「そうそう。あなたと同じく、探偵小説好きの人でした。二人で、盛んに知的な遊戯をやっていらした。単純なゲームから、探偵小説の犯人当てまで」

「今となれば、懐かしい」

「『二銭銅貨』の二人は、《下駄《げた》屋の二階》にいたでしょう。下の店の商売こそ違うが、頭脳闘争をする《松村》と《私》は、現実の井上さんとあなたに重なる」

「確かにね」

「つまり、『二銭銅貨』の《私》は作者自身、《松村》は井上さんということになる。――もっとも、ただのモデルということですがね。何しろ、『二銭銅貨』は小説なんだから」

乱歩さんは黙って、残りの茶を啜《すす》った。わたしはいった。

「――現実のお二人は、あの頃、《智的小説刊行会》というのを作り、読売新聞に広告を出した」

「ウム」

「日本にはまだない、本当の意味の智的小説。——それに興味を持つ、同好の士の集結を呼びかけた」

乱歩さんは、唇をへの字にさせた。

「結果は、惨憺《さんたん》たるものだったがね。——しかし、わざわざ訪ねて来てくれた学生さんが一人だけいた」

「はい」

「そして、ひとつの暗号解読の物語を語ってくれた。僕は非常に興奮した。これこそ、我々の待っていたものだ。智的小説だと思った。それを書いてみたまえ、と勧めた。だが——君は、首を横に振った」

「そんな才能は、わたしにはありません。あれを乱歩さんに差し上げて、正しかった。わたしの頭の中にあるだけなら、ただの筋書きです。しかし、あなたがお書きになることによって『二銭銅貨』は優れた物語になった。永遠に残る、まさに日本探偵小説の第一歩となったのです」

「そういってくれるのは有り難い。だがね、自分で書いておいて何だか、あの話には妙なところがあるのだよ」

わたしは、家内を呼んだ。畳敷きの部屋は、六畳が二間あるばかりである。次の間から来た家内に、お茶を新しくさせた。

「どういうところでしょう？」

「僕は出来る限り、君の語った筋を尊重した。そうするのが礼儀だと思ったんだ。しかしだよ、そうすると、どうも妙だ。――《私》は《松村》が取りに行くまで、例の玩具《おもちゃ》の札束が残っていると、どうして分かったのだろう。それが印刷されているのを見たのは、ある日、金策に行った時だ。その日の夕方にも、注文主が引き取りに来るかも知れない。ここが、おかしい。物語の肝腎要《かんじんかなめ》のところだけに気になってしまう。実際の札束が出て来なかったら、あの物語は、たちまち色あせたものになってしまう。智的小説であるなら、作者がそこまで考えていることを示さなければならない。だからそこまで来た時、僕は、《全体から見ては極めて些細《ささい》な、少し滑稽《こっけい》味を帯びたひとつの点》――として、そこに注記を加えざるを得なかった」

「……念の入ったことで」

「だがねえ、――ちょっと考えればそれが、《些細な点》どころではないとすぐ分かる。実に大きな問題だ。こんなあやふやな一点に向かって、あれほど緻密《ちみつ》な物語が進んで行くのは、いかにも妙じゃあないかい」

「さあ、それは――」

「さらに問題は、空洞のある二銭銅貨の出所だ。君は、そこのところをぼかしてしまった」

乱歩さんは、ちゃぶ台に手をついて、ぐっと膝《ひざ》を進めた。

「こういうご時世なので、探偵小説の新作を書くこともままならない。――そこでね、昔の記録を整理したり、自分の書いた物を読み返すことが多いのだよ。そこで『二銭銅貨』のこういうところが気になり出した」

「しかし……、それが実際にあったことなのだから、仕方がありません」

「君はそういった。まさに智的探偵小説そのものといった体験をした、と」

「はい」

「だがね、今いったようなおかしなところも、ちょっと見方を変えれば、すっきり解決出来る。そうじゃないか」

「といいますと?」

「君はまず、近所の煙草屋の娘が監獄の差入屋に嫁入っているという説明を出した。後になって、それは根も葉もない嘘だという。しかし、空洞のある二銭銅貨の出所として、未決監から出て来たというのは、いかにもありそうなことじゃないか」

「そうでしょうか」

「そうだよ。だからこそ、君の話してくれた《松村》も信じたんだ。だとしたら、やはりそれが本当。二銭銅貨は、実際、監獄から出たものと考えたらどうだろう」

「どうといわれても――」

「つまりこういうことになる。君は、あれを友達との智的闘争として語った。実際に、金が手に入るようなことはなかった、この札束の一件は作られた推理問題だった、とね。――だが、《松村》などいなかったと考えたら、どうか。全ての説明がつくだろう」

わたしは立ち上がって、襖《ふすま》を開けた。そして、次の間の家内に、しばらく買物に出て来いといった。

下

「つまり、こうなる。あれは、実際に君が体験したことだ。君が金を受け取ったんだ。泥棒の上前をはねたわけだから、おおっぴらには口に出せない。だが、――そうであればあるほど、しゃべりたくなる。ゾクゾクするほどいいたくなる。開けてはならない扉は、何としても開けたくなるものさ。そこで君は、新聞で見た我々のところにやって来た。ここでなら、小説のネタとして話せそうな気がしたんだ。――だが、すぐには口を切れなかった。好きな探偵小説の話などをしていた。そのうちに、井上君と僕との推理合戦を見た。そこから、ひとつのアイデアが浮かんだ。自分に、ああいう友達がいたらどうだろう。全てが彼の智力を試すための問題だった――とすれば、気兼ねなく話せる。そして実際、そうしたんだ」

「――なるほど」

「これなら、札束の件も理解出来る。実際には暗号を解いた君自身が、その足ですぐ印刷所に向かった。札は幸い、まだ引き取られずに残っていた。――こういう流れなら、ごく自然だ」

わたしは、しばらく黙っていた。ドキドキするような沈黙が、六畳間に満ちた。わたしは、何だか、自分が乱歩さんの物語の登場人物になったような気がした。

乱歩さんは、続けた。

「僕は、別に君を糾弾しているんじゃないんだよ。ただ、この謎を墓の中まで持って行くのが嫌なんだ。つらいんだよ。分かってどうこうすることもない。ただ、本当のことを教えてほしいんだ」

その一心な口調に、わたしは乱歩さんの『魔術師』という通俗長編を思い出した。復讐《ふくしゅう》の鬼となった犯人は、自分の執念を遂げるため、この事件に手を出さないでくれと、明智小五郎に懇願する。探偵小説としては、まことに珍しい場面だ。

「頼みだ。明智君、頼みだ」

と、繰り返す犯人。その執着と、異様な人柄は読後、いつまでも印象に残る。発表当時は多くの読書人に、はっきりいって馬鹿にされた。なりふり構わぬほど扇情的で、底の浅いエログロ小説と揶揄《やゆ》された。この場面でも犯人は「絞り出すような声で」とか、「顔一面にあぶら汗の玉を浮かべて」といった描写がある。それも紋切り型と切って捨てられた。

だが、紋切り型も馬鹿馬鹿しい設定も、乱歩さんがやると、異様にギラギラ輝いた。わたしには、これらが人間の、人間ならではのある面をとらえたものと思えた。この人でなければ書けない、力あるものと思えた。

江戸川乱歩は永遠の命を持つ。その人が今、わたしの前で、あの犯人のように、

「頼みだ。頼みだ」

と、うめいているように思えた。わたしは、探偵小説の最後の場面で、犯人が口を割るようにいった。

「おっしゃる通りです」

「おお……」

「わたしの下宿の近所の煙草屋の娘が、実際、差入屋に嫁入っていたのです。その娘が里帰りしていた時です。――煙草のつりに、あの二銭銅貨を渡されました。下宿に帰って、所在無さに大きな銅貨を弄《もてあそ》んでいるうちに、それが二つに割れたのです。そ

して中から、薄紙が出て来た」

「あの、陀とか無弥仏とか書かれた？」

「そこは――ちょっと違うのです。犯罪者の書いた暗号文です。そのまま、お伝えする気にはなれませんでした。秘密を洩《も》らせば仕返しされるかも知れない、と思ったのです。だから、形を変えてみました。実際のものは――今も、現物がありますから、お見せしましょう」

わたしは、仏壇を開け、過去帳などを入れた引き出しから、小封筒を取り出した。今ではすっかり変色した薄紙が入っている。

受け取った乱歩さんは、すっかり感心し、

「これは物持ちがいい。いや、実は僕も、昔のものを色々と取って置く方だがね」

そして、それをちゃぶ台の上に、慎重に広げた。

小陽、小陰　坎、乾　小陰、
老陰　小陽、兌、震、
兌　老陰、巽　小陰、老陰、
乾　小陰、小陰、坎　小陽、
離　小陰、小陰　小陽、
小陰　老陰、坤、小陰　坤、
艮　小陽、老陰　小陽、兌、
老陰　老陽、離　小陰、
小陰　小陽、小陰　老陽、
震、小陽　老陽、震　老陰、
乾、震、小陽　老陽、
震　老陰、巽、小陽　小陽、
坎　小陽、老陰　老陽、坎、
小陽　老陰、小陰　小陽、小陽、
老陰、小陽、小陽　老陽、
巽　小陽、老陰、坤、震、

「出所が出所、入っていたものが入っていたものです。罪人が外部と連絡を取るための暗号文ではないか、と直感しました」

「それはいい。だがしかし、――これは何の文字かね」

「お分かりになりませんか」

乱歩さんは、ぐっと眉根《まゆね》を寄せた。

「――待て待て。――乾《けん》と坤《こん》の二字がある。陰と陽も目立つな」

「はい、乾坤を占うといいます」

「ウム、易にかかわる言葉かな」

「わたしもそうだと思いました。そこで、すぐ辻《つじ》の易者のところに向かいました」

「何を占ってしんぜよう――と、いわれたろうね」

「ええ。知りたいのは運勢ではない。こういう文字のことだ――といったら驚いていました。しかし、そこは商売、見料を払ったら立ち所に教えてくれました。俗に、当たるも八卦《はっけ》当たらぬも八卦、という。その八卦が、こういうものだそうです」

わたしは、封筒に同封してあった書き付けを開く。

☰ 乾（けん）
☱ 兌（だ）
☲ 離（り）
☳ 震（しん）
☴ 巽（そん）
☵ 坎（かん）
☶ 艮（ごん）
☷ 坤（こん）

「さらに、四象《ししょう》というのがあって、これはこうなります」

⚌ 老陽
⚍ 小陰
⚎ 小陽
⚏ 老陰

「見事に当てはまったわけだ」

「ええ、長い線が陽、間の切れた線が陰を示すそうです。しかし、そういう易学の理屈を離れた時、こういう二種類の線で通信に使われるものといえば、もう答えは出たようなものです」

「電信に使うあれだね。モールス信号だ」

「そう考えるしかないでしょう。いわゆるツーとトンです。長い線を、そのままツー、切れた線は、真ん中の白の方を短い線と思えばトンになる。陽がツー、陰がトン。ここで、物語のような偶然が現れます。現実の世界ではかえって、全てが必然とはいきません。わたしの父親は郵便局に勤めていました。長年、電信の係をやっていた」

「それは、うまかったね」

「はい。おかげで、その日のうちに信号の五十音変換表を見ることが出来ました。それに当てはめた表がこれです」

小陽	タ
小陰　坎	ン
乾　小陰	ス
老陰　小陽	チ
兌	ヤ
震	ウ
兌　老陰	ヱ
巽　小陰	ビ
老陰	（濁点符号）
乾　小陰	ス
小陰	イ
坎　小陽	ン
離　小陰	サ
小陰　小陽	ツ
小陰　老陰	カ
坤	ラ

小陰　坤	オ
艮　小陽	モ
老陰　小陽	チ
兌	ヤ
老陰　老陽	ノ
離　小陰	サ
小陰　小陽	ツ
小陰　老陽	ヲ
震	ウ
小陽　老陽	ケ
震　老陰	ト
乾	レ
震	ウ
小陽　老陽	ケ
震　老陰	ト
巽	リ

小陽　小陽	ニ
坎　小陽	ン
老陰　老陽	ノ
坎	ナ
小陽　老陰	ハ
小陰　小陽	ツ
小陽	ダ
老陰	（濁点符号）
小陽	タ
小陽　老陽	ケ
巽　小陽	ジ
老陰	（濁点符号）
坤	ラ
震	ウ

「タンスチヤウヱビスインサツカラオモチヤノサツヲウケトレウケトリニンノナハツダタケジラウ。つまり、箪笥町《たんすちよう》の恵比須印刷から玩具の紙幣を受け取れ、受取人の名は津田たけじろうというのです。たけじろうが、松竹の竹か武士の武か、二つの二郎か次の次郎かは分かりません。しかし、そんなことは問題ではない。わたしは、すぐに箪笥町に向かいました。目的の印刷所はすぐに分かりました。津田の名前を出すと、別に割符のようなものを請求されることもなく、玩具の札束を渡されました。下宿に帰って、ドキドキしながら開いてみると、玩具の《十團《だん》二十團》ではない。きちんと《十圓《えん》二十圓》となっている。本物の札でした。勘定すると八千円ありました」

「あの時、君は確か五千円といった。僕は、十倍の五万円にして書いたのだが――」

「さすがに、そこまで法外ではありません。しかし、あの当時の八千円といえば、家が何軒も建てられた金額です。一介の学生からすれば、一気に百万長者になったような気分でした。その一方で、知恵こそ絞ったものの、まともに得た金ではないという思いもありました」

「警察に届けようとは思わなかったわけだ」

「全く考えなかったわけではありません。しかし、おっしゃる通り、悪人の上前をはねたわけで、罪の意識はさほどありませんでした。――しかし、不思議なもので秘密というのは抱えていると胸が苦しくなる。やはり、ちらりと洩らしたくなる。その時に、あの智的小説刊行会の広告を見たのです。暗号の解読は智的な作業といえる。ふらふらと団子坂に足が向いてしまいました」

「そこであああいう話をしたわけだ。ラスコリニコフがしゃべったように」

「そこまでの懺悔《ざんげ》の気持ちはありませんでしたかね。――ただ、事実のままにいうことは出来なかった。これはわたしの卑怯《ひきょう》なところかも知れない。易学の記号をモールス信号に置き換えるという――この通信手段を人に話したら、悪人達が血相変えて、わたしを捜しにかかるような気がしたのです。そこで、易学の陰陽、長短二つの記号というのを、南無阿弥陀仏と六つの丸の点字記号に置き換えて説明したのです。実際、あの《弥陀仏、阿陀、南無阿陀》などという文字の並びの方が、より奇妙な感じが出たと思います」

「町名や、店の名も変えたのだね」

「それはそうです。簞笥町は五軒町《ごけんちょう》、印刷屋は正直堂、受取人は恵比須印刷から連想して大黒屋《だいこく》商店としました」

　わたしが、乱歩さんに話した方の暗号の正解はこうなる。

　ゴケンチヤウシヤウヂキダウカラオモチヤノサツヲウケトレウケトリニンノナハダイコクヤシヤウテン（五軒町正直堂から玩具の札を受け取れ受取人の名は大

黒屋商店）

乱歩さんは、わたしの話に紳士盗賊という興味深い要素を付け加え、動いた金も五万円にした。地味な謎解きの筋が、きらびやかなものになった。

それからの乱歩さんの活躍ぶりはいうまでもない。わたしは、この人の最初の一歩に手を貸せたことを誇りに思う。

乱歩さんは、髪の薄い頭を撫でながら、

「しかし、そうなると、あれを天下に発表した僕の方は、かなり……危ない橋を渡ったことになるね」

「申し訳ありません。あなたから、あれを作品にしてみたいといわれた時、犯罪者の報復を考えないではなかったのです。しかし、どんな物語として再生されるのかという、ピリピリするほどの興味を抑えることが出来なかったのです。わたしは、どうかして智的小説というものの誕生に立ち会ってみたかったのです。この熱は、本物です。信じて下さい」

乱歩さんは大きく頷いてくれた。わたしは、ほっとしながら、

「それにしても、恵比須印刷から八千円持ち逃げしたわたしという男が、実際にいるのですからね。暗号をやり取りしていた連中が『二銭銅貨』を読んだら、どう思った

か」

「持って逃げたのは、この江戸川乱歩という男だ、と思ったかも知れない」

「はい。――しかし、日本に探偵小説を生むきっかけとなったのですから、八千円も決して高い投資ではありません」

乱歩さんは苦笑し、

「そう都合よく、考えてはくれまいな」

乱歩さんは、立ち上がってズボンの裾《すそ》を軽く叩《たた》いた。

「やれやれ、おかげで気になっていたことが解決したよ。これで心置きなく、池袋に帰れる」

「いっそのこと、今夜はここにお泊まりになったらいかがです」

「そうもいかない。また、あの混雑地獄の中に入って行くよ。――空想の地獄は、たまらなく甘美だが、現実の地獄というのは耐え難いものだね」

「それはそうでしょう」

「ところで、最後に野暮なことを聞くようだが、その金はどうしたのだね」

「東京で、小間物屋を開く元手になりました。そこそこ順調にやっていたのですが、胸をやりまして。――それをきっかけに、若隠居のような形で、こちらに引っ込みました。――おかげさまで、今では幸い、体の方も持ち直しました。この戦争がどうにかなったら、何か新しいことをやりたいと思っています」

「それはいい。先のことは誰にも分からん。運を天にまかせるしかない世の中だが、――とにかく希望を持たんとやっていけない」

乱歩さんは、そこで、喉《のど》を鳴らすような含み笑いをし、

「――だがこの年まで、その八千円の連中からこれといった仕返しも受けなかったのだから、僕の運もかなり強いわけだ」

わたしは首をすくめた。

「申し訳ありません。しかし、全くその通りです。あなたが、空襲などでやられる筈《はず》がありません。乾坤――といえば、日本も乾坤一擲《いってき》でしたが、さて、そのサイコロの目がどう出ても、また次の時代はやって来ます。――日本の探偵小説が即ち江戸川乱歩であることは、動かしようのない事実です。――続く時代の智的小説がどんなものになるか。それを導いてくれるのが、あなただと信じています」

「そりゃあ、大層な買いかぶりだ」

乱歩さんは、首を振りながら、玄関に座り靴をはいた。

この八月、戦争が終わる。それからの乱歩さんの、探偵小説界への献身ぶりはいうまでもなかろう。

ゴースト

鬼などは来ぬやもしれぬ恍くわうと身をおしつつみ菜の花ばかり

河野裕子

1

菜の花の花言葉は《元気》だという。《快活》だという。

教えてくれたのは、一年ほど、同じ部屋で暮らした男だ。男なのに派手な色を好んだ。特に黄色が好きだった。

無論、全身それで包んだりはしない。着ているもののどこかに、それこそ一点の光が差すように、その色を加え、見事に効果をあげていた。

朝美《あさみ》がファッション雑誌にいた時、知り合った。そういう方面の仕事をしている男だった。センスに面白さを感じ話してみると、話題も豊富だった。

付き合った相手はそれまでにも何人かいたが、同棲《どうせい》まで進んだのは彼だけだ。ひょっとしたら結婚するかも知れない。

——と思った。

三十の坂を越えていた朝美だから、自然なことだろう。

半年ほどは順調に進んだ。

そこで、深夜に《色》の話になった。男と女の《色気》の方ではない。純粋にカラーのことだ。彼は、自分の好みを、

「黄色というより、菜の花色だよ」

——と、いった。

もう寝るところだったが、朝美は男の注文で、コーヒー豆を挽《ひ》いていた。夜中に、ふと何かを食べたくなったり、飲みたくなったりすることはあるものだ。

コーヒーミルは、電動ではなかった。女の力では、ハンドルを回すのも大変だ。ゆるゆるやっていると、豆が引っ掛かり動かなくなる。だから、くじ引きの器械めいたハンドルを、景気よくがらがら回していた。とにかく勢いで動かしてしまうのである。

——菜の花色か。

「……ふうん」

と、腕に渾身《こんしん》の力を入れながら、相槌《あいづち》を打つと、そこで男がいったのだ。

「菜の花はさ、花言葉が《元気》なんだ。——朝美みたいだろ？」

腕に感じていた引っ掛かりがふっと消え、ハンドルがから回りしてカラカラと音を立てた。終わったようだ。しかし、そのままだと、どこかに引っ掛かった豆を挽き残すことがある。軽く逆回転してから、また数回、腕を動かして聞いた。

「——あたし？」

「うん」

その晩、朝美は元気ではなかった。職場でつらいことがあった。だが遅く帰って、シャワーを浴びて、キッチンに来るまで、男にそういう顔を見せなかった。

——口に出せば、かなり重い話になる。黙っていようか。でも話せば、少し楽になるなあ。

どうしようかと思い、判断を保留していたところだ。

カリッ……。

案の定、挽き残しの最後の一粒が落ちて、ミルの歯に噛《か》まれ、つぶれ、粉になった。

——がらんがらんと景気よく、ハンドルを回していたから、元気いっぱいに見えたかな。でも、そういう人が、実は自棄《やけ》になってることもあるんだよ。

朝美は、目も口も大きく顔立ちが派手だ。それだけでも明るく見える。背も低くはない。好意を持った相手にはサービスする方だから、いつも機嫌よく見えるだろう。

——でも、傷つくことは多いし……。

《僕は野菊が好きだ、君は野菊みたいだ》といった具合に、《菜の花が好きで、君は菜の花みたい》といわれたわけだ。

喜んでいい——のかも知れない。しかし、傷ついてる時、《元気な奴だ》と思われると、どっと疲れる。

「……そんなこと、ないんだよお」

といえる朝美なら、泣いてすがって、それが可愛かったかも知れない。だが、そうはならず、結局、男のイメージの方に自分を合わせようとした。

その晩、小さなひびが入ったような居心地の悪さを感じた。

それが最初だった。ひびは少しずつ広がり、気が付くと川のように二人を隔て、手の届かぬ距離を作っていた。

別れたのが、数年前になる。

2

菜の花は《全校生徒集合!》といったように群生する。賑《にぎ》やかだ。命の芽吹く春に咲くだけに、確かに《元気》という感じがする。それは納得出来る。

——でも、イメージでまとめられるのも迷惑かも知れない。

と、朝美は思った。

無理な話だ。イメージでまとめるのが《花言葉》なのだから。

しかしながら、あの夜から《菜の花》と聞くと、背景が暗いような気がする。黒い漆の上に、黄色い花の模様が並んでいるような気が。

どれも同じように見えて、中のいくつかは陽気さを装いながら、心でうなだれているように思えてしまう。

数年経ち、今の朝美は、新しい雑誌をまとめる、責任ある位置についている。編集者なら、やり甲斐《がい》を感じる——筈《はず》だ。

だが実際には、悠長にそんなことを《感じて》いる暇もない。朝美は毎日ひたすら、がんばっていた。

企画を立て、記事を書き、原稿を貰《もら》い、あちらに出掛け、こちらに出向く。

曇天の日だった。交差点で、信号待ちをしている時、ふっと頭の中が白くなった。行き来する車や雑踏の音が、潮騒《しおさい》のように耳に響いた。

やがて、信号が青になった。人の群れが動き出す。朝美は無意識に手を動かし、定期を取り出していた。歩き出しながら、それを差し出そうとして……我に返った。

——何してるの、わたし？

握りつぶそうとするように、ぎゅっと深緑の枠の定期入れをつかんだ。角が手のひらに食い込んだ。

《渡ろうと横断歩道に入る》——その動きに、駅の改札口に入る動きの記憶が、ふわっと重なった……のだろう。脳の中で。

今はまず見られないが、昔のテレビだと、電波状態によりゴーストというのが出た。画像が二重映しになり、ずれた絵がお化けのように、画面の人の背中や頭につきまとった。

横断歩道も改札口も、おなじみのものだ。足を踏み出すのも定期を出すのも、日ごろ無意識にする動きだ。隣り合った似た色合いの絵の具が、境界でにじみ合うようなものか。

それにしても、

——こんなことが、あるのだろうか。

とにかく自分の手は、現実に今、そう動いてしまった。他の人がしているのなら滑《こっ》稽《けい》だ。我が事となると笑えない。

……疲れてるんだな。

朝美は何事もなかったように、バッグに定期をしまい、背筋を伸ばしてすっすっすっと歩き出した。

無論、せわしない都会で、朝美の一瞬の動きを気にするものなどいない。

3

編集の仕事をしていると、人と会わなければならない。

朝美は、人付き合いがいいと思われている。そうでないとやっていけないから、野球選手がボールを嫌がらないように、連日、多くの人と応対している。しかし、明るい笑顔を浮かべつつ、心の芯《しん》で冷めていたりする。

話し相手は、きびしく選びたい方なのだ。極彩色のペイントを塗られたようなタイプの、濃い人との接触が続くとぐったりする。猿がシンバルを鳴らし、パトカーが警笛を鳴らしているオモチャ箱に飛び込んだような、そんな気分になってしまう。

カシャン、カシャン、カシャン！

ピーポー、ピーポー、ピーポー！

これは疲れる。

カシャン、カシャン、カシャン！

ピーポー、ピーポー、ピーポー！

そういう後、運よく遠くへの出張があったり、あるいは近県でも電車に乗ったまま、長く一人で座席に座っていられると、ほっとした。幸せな気持ちになれた。

イソップのウサギも、《相手がカメの時くらい、せめて横になりたい》と思ったのではないか。周りから《ウサギ》は四六時中、走るものと決めつけられ、疲れ果てていたのではないか。

そんな朝美でも、《会ってみたいな》と思う相手はいる。次号の取材の件で、美術評論の番組などに最近よく顔を出す、中里《なかざと》という先生と連絡を取ることになった。カシャン・ピーポー・タイプではない人だ。落ち着いた口調で話し、思わぬ視点から対象を分析し、《なるほど》と思わせてくれる。

芸術誌の先輩が紹介してくれ、メールで都合を聞くことになった。改まった書面のご挨拶《あいさつ》などいらない――ということだった。多忙なのだ。

会える時と場所をうかがい、スケジュール表にメモした。

その前日になって、

「中里です」

という電話があった。緊急の予定変更かと思った。せかせかした口調で《新宿《しんじゅく》の画廊で珍しい写真展をやっている》という。

テレビで知っている話し方より、早口に思えた。だが、さしておかしいとも思わなかった。

――その展覧会を一緒に見て、話の糸口にするのだろう。

無理なく、こう考えた。場所や時間がずれても、《会える》ということ自体に変更がなければ問題ない。かえって誌面に膨らみと深みが出るかもしれない。ありがたいことだ。

電話を切ってから、パソコンで検索してみた。ある写真家の個展というわけではなく、ひとつのコレクションの展示だった。

感性によって集められたものが、統一された世界を作る――そう思うと、《雑誌作り》にも通じる。

――もしかしたら、これが中里先生の、わたしへの挨拶かも知れない。

読み過ぎだろう――とは思った。しかし、やや薄暗い展覧会の、観客の少ない、さみしい会場を並んで歩きながら、お互いの仕事について、わずかな言葉で深く語り合う二人が、小さな火を灯《とも》すように浮かんだ。

朝美は、パソコンの画面をメールに替え、新しく決めなおした待ち合わせ場所、時間を、文字の形で送り、確認と共にお礼をしておいた。

翌日の出社は、寄る所があり、午後三時過ぎになった。パソコンを開くと、中里先生から意外なメールが来ていた。

4

――何か、思いがけない力が働いているようです。そちらの中里氏は、別人と思われます。今から、予定を動かすのは大変でしょう。わたしは全くかまいませんので、新宿にお出掛けください。こちらとのことは、また、ご連絡下さい。

――羞《は》ずかしかった。

間抜けな姿を見られた、と思った。

《中里》という名字は、鈴木や佐藤とは違う。

《明日、先生と会う》。そのことだけ考えていた朝美だ。《中里》と聞いて、別人とは思わなかった。

決め込んでいるから、そのつもりで話してしまう。

椅子の背に身をあずけて、しばらく記憶のページをめくってみる。分かった。電話をかけて来たのは、同業他社の編集者だった。

仕事の関係で顔を合わせたことはある。しかし、はっきりいって印象に残る相手ではなかった。

たのだ。

美術系の話題を交わし、それなりに盛り上がりはした。朝美が、相手に合わせていたのだ。

——そういえば、確か、あんな落ち着かない声だった。

彼が、朝美好みであろう展覧会を見つけ、連絡して来たのは、まぎれもなく好意からだ。しかし、ここで仕事の歯車がひとつ狂ってしまう。痛い。

かといって、今からキャンセルというのも、人としてまずかろう。あまりにもエゴイスティックだ。いや、気分的にいい直すなら、カッコ悪い。中里先生に知られてしまっただけに、

——いえ、あちらはあっさり振りました。

というのも、

——いかがなものか？

という感じである。

何をおいてもまず、先生へのお詫《わ》びを書かねばならない。丁重な言葉と共に、スケジュールを組み直さなくてはいけない。

朝美は、舌打ちしたくなった。

——あんな電話さえなければ。

《中里氏》を恨みたくなった。こちらがかなりの敬語でしゃべっているのを妙だと思

わなかったのか、と突っこみたくなる。しかし、あちらにそこまで気が回る筈もない。ただ、《おくゆかしい女だ》と考えただけだろう。

——うわあ！

人のことなら笑い話だが——と思って、横断歩道の定期を思い出した。

——ゴースト……。

失礼な話だが、《中里氏》は、朝美にとって《中里先生》の影のようなものだ。

それでも朝美には、この夕方、待ち合わせ場所で、何とか不自然でないように振舞う自分の姿が見えた。

やって来た中里氏を見て立ち上がり、微笑みを浮かべて会釈する。展覧会の会場では、相手のいうことに頷《うなず》く。快活な表情で相手に合わせる。

自分の時間を切り取って、相手に渡す。そうしないでは、いられないのだ。

……そうしないでいられる人と、いつか巡りあえるのだろうか。わたしの時が終わるまでの間に。

菜の花の男も違っていた。

——あの人も、わたしにとってゴーストだった。

そう思うと、疲れがひたひたと身に寄せる。

一秒でも早く、中里先生にメールを返さなければいけない。それが仕事だ。

しかし、朝美は椅子にもたれ、

「……ちょっとだけ休ませて」

と、つぶやいた。

——一分、いいえ、三十秒。それだけでいい。……だから、ちょっとだけ休ませて。

ビスケット

1

十八年前——とは、どれほど遠くか。二十《はたち》の頃には、果てしない昔に思えた。厚い、時の霧の彼方《かなた》だ。

そう、成人式の頃に《十八年前》といえば、わたしは二歳。這《は》っていたのか、歩き出していたのか。記憶の手掛かり、ひとつない——つかみようがない。その意味では、平安時代も同様だ。

ところが、二十から前を本の右ページとすれば、左ページは、あっという間に過ぎてしまった。加速度がついたように流れた。わたしも今は、もう少しで四十に手が届こうとしている。

若い頃には、《自分もいつか四十になる》なんて、本当とは思えなかった。しかし、嘘ではない、嘘ではない。

アラフォーなどといわれて振り返って見る十八年前——《二十の頃》は、同じだけの時の壁を隔てている筈《はず》なのに、案外、近い。おかしなものだ。

わたしは、一瞬のうちに、あの日のことを思い出した。

——京都の冬、大学の研究室で死体を見た、あの時を。

2

十八年前、わたしは叔父《おじ》のやっている不動産屋で働いていた。

叔父の持っているビルは、上が貸し事務所になっていた。ある時、そこに名探偵がやって来た。間違いではない。《探偵》ではないのだ、上に《名》がつく。

この人の名前がまた変わっていた。——巫弓彦《かんなぎゆみひこ》。この名字は、誰だって、すらりとは読めないだろう。

「……巫名探偵事務所」

つぶやくと、鼻先がつんとする。それほど胸に迫って懐かしい。わたしを《あゆちゃん》と呼んでくれた叔父のことを含め、あれやこれやがよみがえって来る。

わたしは、あの頃、巫先生——いつの間にか、自然に《先生》と呼ぶようになっていた——の記録者になりたいと思っていた。

先生は、確かに《名探偵》だった。世間の、普通の人とは違う。看板に書いてあった潔い言葉が、今も、明るく目に浮かぶ。

人知を超えた難事件を即解決
身元調査等、一般の探偵業は行いません

ところが、《名探偵》の扱うにふさわしい事件など、我々の立つ地上に、ざらには転がっていない。そこで先生は、生計を立てるため――アルバイトに精を出していた。

孤高の人。そういう言葉が胸に浮かんだ。子供の頃から、ものを書きたいと思っていたわたしは、《この人の生きる姿を記録したい》と思った。

そして、先生が三つの事件を解決するのを間近で見た。二つまでは犯罪ともいえない出来事だった。だが最後のひとつは、見たくはない殺人事件だった。

当然のことながら、凶悪犯罪に出会うのは、人の一生でも稀《まれ》だ。あれから、わたしの身の回りでそんなことはない。

幸いなことに、と、いわねばならない。だが、つまりそれは、先生の事件簿の新しいページも生まれなかったということだ。

やがてわたしは、先生とは関係のないミステリを書いた。そして新人賞に応募し、意外にも最終候補に残り、さらに驚いたことに受賞してしまった。

出来上がった本の表紙を、まだ若かった指で、いとおしく撫《な》でたことを思い出す。その一冊は、わたしの宝物だった。

「あゆちゃんの本だぜ。あゆちゃんが、小説、書いたんだぜ」

叔父さんは、わたしの本をまとめて買い、町内会の人に配ってくれた。《えへん》と、自分が手柄を立てたように上機嫌だった。ありがたいが、胸が苦しくもなった。

小説は自分の内面告白だ。不特定の読者に向かって――わたしを分かってくれる、もう一人のわたしに向かって書くものだ。生意気ないい方だが、知り合いだから――という理由では読まれたくない。どちらかといえば、困ってしまう。

でも、――それはそうでも、――わたしの本を読み始め、何ページか行くと挫折《ざせつ》し、居眠りを始める叔父さんが――わたしは、泣きたいほど好きだった。

わたしの名は姫宮《ひめみや》あゆみ。叔父も姫宮。会社は姫宮不動産だった。バブルがはじけた頃、会社の業績はぐぐっと、劇的に変わった。無論、悲劇的に。

叔父さんはその頃から体調を崩し、結局、会社を閉めて引退した。

わたしは、それから何冊かの本を出すことが出来た。今も出している。暁《あかつき》の空の星のように稀なことだが、物語を書いて暮らしていけるようになったのだ。

おかげで、勤め先がなくなっても困らなかった。叔父さんに心配をかけずにすんだ。それが物書きになれて、一番、幸せだったことかも知れない。

──かも？　いや、そうなのだ。独り立ちする姿を見せられた──それが、わたしに出来るささやかな、精一杯の恩返しだった。

「あゆちゃん……」

と、病院のベッドでも叔父さんは、わたしの名を呼んでくれた。

もう、その人もいない。

3

「姫宮先生でいらっしゃいますか？」

という電話が、東京のある大学からかかって来たのは、去年の秋だ。

映像表現関係の教授、村岡《むらおか》先生という方からだ。学問の正式名称は他にあるのかも知れないが、とりあえず分かりやすそうだから、こう書いておく。内外古今のそういったことを比較研究していらっしゃる。かん高い声だった。

「お願いしました、来春のトークショーの件ですが──」

講演はやらない。そう決めている。申し訳ないが、頼まれた時点でお断りしている。

ただ、諸般の事情から、どうしても首を横に振れない場合もある。そういう時は、相手役の誰かを立て、一緒に壇上に上がってもらう。二人か、あるいは何人かで話し合う。こうすれば、いわゆるトークショーになる。

　わたしの都合だけではない。《頼んだら、後は勝手にしゃべってくれ、年間の予定がそれですむ》という主催者ならともかく、普通なら、講演以上の充実感、満足感のあるものになる筈だ。なぜなら——と、まあ、わたしなりの思いはあるが、ポリシーを語っている場合ではない。

　この村岡先生の件は、断れなかった。義理ある先輩作家から、言葉の上では、

「頼みます」

　内実は、

「分かってるんだろうな、受けるんだぞ！」

　という圧力がかかっていた。

　本来は、眉毛《まゆげ》濃く肩幅広いその方がお出《いで》になるところだった……らしい。諸般《シヨハン》の事情か、シューマンの事情か知らないが、お鉢がこちらに回って来た。

　形式が講演ではなく、もともとトークだから、いつものように断れない。司会役の一人を中に置いた対談ということになった。

　しかも相手が凄《すご》い。この大学で数年前から教えている客員教授。アメリカ人の、ジ

ャック・トリリンという。

形象表現関係の有名な著書もあるらしい。その方面の学者さんだ。さて、ここが肝心なのだが、同時に海の彼方でプロ作家最高の賞を受けたミステリの著者でもある。中世ヨーロッパの館《やかた》を舞台に、蘊蓄《うんちく》たっぷりに繰り広げられる、いわゆる本格ミステリの傑作だ。専門家らしく、古めかしい紋章やら何やらの図版が挿入され、効果的に使われていた。翻訳もあり、日本でも評判になった。

大学教授が、余技として本格ミステリを書いた例は、他にもある。頭脳の中の、使う部分が近いのかも知れない。

本格ミステリといえば、一時、無責任極まる評論家が流した、海外での衰退説は、全くの誤りらしい。謎解き物語は、過去の遺物どころではない。特にイギリス、フランスなどでは今も盛んに書かれ読まれている。

ただし、トリリン氏のお国、アメリカでは事情が違う。一部の熱心な作家、ファンならいる。だが、本格ミステリの代名詞ともいえるエラリー・クイーンの名作でさえ、広く一般には読まれないようだ。この辺が伝統を背負った英仏と新世界アメリカの、国民性の違いかも知れない。

そういう中にあって、トリリン氏の業績はなおさら貴重なわけだ。

しかしながら、二つの顔を持つ男は一方を知る人々から、片方をよく理解されない。

「へぇー、あの爺《じい》さんが天下の副将軍だったの！」

とか、

「遊び人の金《きん》さんだと思ってた！」

といった具合だ。

つまり、学者の世界ではミステリ書きの顔を知られず、逆から見ても同様——ということになる。

もっとも、トリリン氏の場合は、ミステリ好きとしてずっと温めていたアイデアをただ一作に傾注したわけだ。確かに、いわゆる《推理作家》ではない。大学側が注目しなくても無理はなかった。

ともあれ遅ればせながら、トリリン氏の《もうひとつの顔》に気づいたところで大学側が、《大きな賞、取ってるんだ。それなら、トリリンさんを左に置き、中に司会、右に日本のミステリ作家を呼んで語らせたら、ちょっとしたイベントになるのではないか》と考えた。

会場は大教室。公開講座の形を取り、学外の客も受け入れる。ミステリファンなら、わたしはともかく、あのジャック・トリリン氏が、何を話すか興味がある。専門誌の取材もあるだろう。

身も蓋《ふた》もなくいうなら、大学の先生方の立てた《我々には分からんが、ミステリとかいうものを餌にすれば、お客さんが集まり、本学の宣伝になるではないか》――と、まあこういう企画だ。

そんなわけで、わたしはお相手を承知し、トークショーの告知が半年前から始まった。受験希望者の増加に、多少なりとも貢献したかどうかはさだかでない。開催は四月の末の日曜。新生活にやや慣れ始めた一年生には、いかにも大学らしいイベント、という印象を与えるだろう。文化的歓迎行事のひとつ、と、いってもいい。

4

四月の学校というのは、いいものだ。そう思う。

スタートという感じがする。会社だって同じだが、企業の場合は感傷を寄せ付けないきびしさがある。学校の春は、素直に初々しい。これが嬉《うれ》しい。

日曜でもあり、打ち合わせがあるから昼前から行った。おかげで、緊張の表情で行き交う新入生の群れは見られなかった。それでもキャンパス全体に、散った桜の残り香が、まだ残っているような気がした。

学校にふさわしく、紺のスーツにした。ただしスカートは、春の風に吹かれるのだから、ややフレア。ブラウスは透け感のあるオフホワイトで、そこを見ていただければ、わたしだって、ちょっとは女らしいだろう。

担当の先生方お二人が、正門のところで待っていて下さった。電話で話した、担当の村岡先生、それから今日の司会役、関屋《せきや》という英文学の教授だ。

お二人に続いて、構内を歩く。

東京とはいっても、西の郊外で周囲に緑もある。空気はいい。

勧誘のピークは過ぎたのだろうが、まだあちらこちらに、色々なサークルのポスターが貼られていた。ベンチに座って、熱心に本を読んでいる子もいる。

柔らかな日が身を包む。トークは午後三時から。かなり余裕がある。

顔合わせがてら、トリリン先生とお昼をご一緒することになっていた。

トリリン氏の受賞作は読んでいた――無論、翻訳で。裏表紙の写真で、著者とはお目にかかっていた。四十代前半。揉《も》み上げの長いところが、いかにも外国人らしい。鼻筋が通った、かなりの美男だ。ただ、背はそれほど高くないらしい。余計な威圧感がない分、日本人から見れば、それも好印象になるかも知れない。女子大生の人気の的になりそうな人だ。

さて、お昼は大学内の一室で、そのトリリン先生と四人、松花堂弁当をつつく筈だった。

トリリン先生は、日本通で刺身も納豆もオッケー。日本語もペラペラで、

「おお、──そうでしょうか弁当！」

ぐらいの洒落《しゃれ》は、すらりと出るらしい。関屋先生は文字通りの司会。よほどのことがなければ、通訳の必要はないという。

昼食における問題点は、日本の弁当では、あちらの人には量が少ない──ということぐらいだろう。

村岡先生が、眼鏡の奥の、猫のような目を光らせていった。

「すぐにお昼ということで、きちんとしたお茶菓子の用意もなくて……」

部屋自体、応接室といったところではない。小会議室といった感じ。殺風景ではあるが、ここが研究室や会場にも近くて便利らしい。わたしのファンだという女の方が現れて、お茶を出してくれ、同時に著書にサインを求めてくれた。

「よろしければ……」

と、村岡先生が場つなぎに出してくれたビスケットが、ちょっと変わっていた。

「あ、懐かしいです」

「子供の頃、召し上がりましたか？」

「ええ」

アルファベットのビスケットだった。ひとつひとつが、Aだったり S だったりする。AYUMI──と並べたくなる。

「実は、昨日もここで打ち合わせをしましてね、その席に、この袋を出したんです。余り物——というと失礼になりますが、トリリン先生と話がはずんだんです」

村岡先生が、たまたまコンビニで見つけ、買って来た。トリリン先生が、《おお、アルファベット・クッキーズ》と叫んだそうだ。西洋の文字なのだから当然だが、日本オリジナルの商品ではない。——というよりは、多くの人が、ビスケットの形として考えそうなものだ。日本のひらがなより、ビスケットにしやすいだろう。

内外、色々なところで作られ、メーカーによって、微妙に細部が違う。

「トリリン先生の発想が面白くてね。《一袋の中に、どれだけの文字があるか。それをひとつの余分もなく使い切って、何らかの文章が作れるか》なんていうんです」

実行は難しいだろう。しかし、そういう考え方は、いかにも本格ミステリを書いた学者さんらしい。日常の中に、疑問と解決を見つけていくわけだ。今日の対談のどこかで、話題に出来るかも知れない。

食事前だけれど、二つ三つ、さくさくと食べながら、お茶を飲んだ。

「もう、来る筈なんですが……」

と、関屋先生が壁の時計を見た。

「トリリン先生は、日本のミステリに関心があるんでしょうか」

「あ……すみません。それは聞いてなかった」

「日本そのものについては？」

関屋先生は、失点を回復しようとするように、

「伝統文化なら、——茶道、華道、香道。何でも興味を持っていますよ」

村岡先生より、十ほど上だろうか。電話でも聞いていた村岡先生の声は高いけれど、こちらはぼそぼそと低い。声だけでも、ふけて聞こえる。五十を過ぎていそうだ。額が上へとかなり広がり、月代《さかやき》っぽくなっている。縁なしの眼鏡をかけている。鼻筋は長く、眼鏡が落ち気味だ。

「本を読むだけではない。特に、お茶やお香の席には、実際に行き、やっていらっしゃる」

文系で、わざわざ来日する外国人教授は、東洋の神秘ニッポンの伝統に、かなり関心を持っているのが普通だという。

「お茶に比べて、お香というのは珍しいですね」

「うちの女房が、ちょっとかじっていましてね。関心がおありのようなので、紹介したら、大変喜ばれました。——うちのは、他の大学で英文学の准教授をしています。英語読むだけではない。あちらで育ったので、流暢《りゅうちょう》に話せます。英語でも日本語でも会話が成り立つ。まあ、案内のお役には立ったようです」

茶道ならイメージ出来る。だが、お香となると分からない。

「どういうことをやるんです。――その、香道というのは？」

「やり方は幾つかあるようです。わたしがご一緒した時は、お香を五回嗅《か》いだ。そして、何番目と何番目が同じ香りか当てました。茶道、華道と違って、ゲームになっている。一応、勝ち負けがあるんです」

「はああ、風流な競技ですねえ。――それって、日本人でもやったことのある人、少ないんでしょう」

「まあ、そうでしょうね」

わたしは、まだ見ぬ関屋夫人を思った。

「横文字もお香も分かる。素晴らしい奥様ですね」

「いやいや」

「ご夫婦で大学関係。じゃあ、職場恋愛ですね」

「学生時代からの付き合いですが、――まあ、そんなことは……」

と、関屋先生は首を振る。

「トリリン先生は、茶道、華道、香道。そして食べるのが、――松花堂ですか」

つまらなく韻を踏んだ。関屋先生は、薄い唇を曲げて、ちょっと笑ってくれた。

「そうなりますね」

「他には？」

村岡先生がいう。

「お書きになったミステリに、あちらの紋章が出て来るようですが、そのせいか、日本の家紋にも興味を持っていらっしゃいます」

「はああ」

デザイン関係は専門だろうから、それはよく分かる。外国の人が、鳥居の形に感銘を受ける——などという話は聞いたことがある。同じ理屈で、三つ葉葵《あおい》や武田菱《たけだびし》といったものに心を魅《ひ》かれるのだろう。

「《日本の家紋は、とても現代的だ》とおっしゃっています」

「そうですか？」

「西洋の、——あのワッペンのようなものに比べると、よりデザイン的なのですね」

「なるほど」

「昔風の紋付きも、とても洒落ているとお考えです。《背広にもネームを入れるより、紋を入れたらいいのに》などというご意見で」

「ああ、それは斬新《ざんしん》かも」

「しかし、実際やったら、笑われますからね」

「うーん。しかし、トリリンさんご自身が、何かお気に入りの紋を付けるのならどうです」

ない。

「ほう。それなら、いいかも知れませんね」

日本の紋の数は多い。トリリンさんが選ぶとしたら、何になるのだろう。《トリリン》の《トリ》は、鳥類の《鳥》に通じる。だとしたら、鶴や雁《かり》の紋になるかも知れない。

「――剣道や柔道は？」

「いやあ、武術の方は、まだ手を伸ばしていないようです。スポーツでは、野球ファンでしてね」

「おお」

アメリカは、いわずと知れたベースボール発祥の国だ。

「故郷の大リーグ球団の勝ち負けに一喜一憂しています。――日本のプロ野球も観戦し、《どの選手を補強したい》というリストを作っているようです」

「スカウトですか」

「頭の中で、ね。――やる方は、本学の近くのバッティングセンターで、よく打っているようです。《最高の気分転換だ》といってね」

――それは、いかにもアメリカ人らしい、と思ってから、ふと、

「バッティングセンターって、日本のものじゃありませんよね」

あんな仕掛けを作り出すのは、ひょっとしたら《日本的》なことかも知れない。だ

が、違った。

村岡先生が答えてくれた。

「あれは、アメリカで生まれたものですよ」

「でしょうねえ」

と、わたしは頷《うなず》く。

授業の終わった後など、何人かの学生に囲まれ、バットを提げて校門に向かう勇姿が見られるという。外国人バッターというより、日本通らしく、どことなく剣豪めいているそうだ。

「確か、カリフォルニアあたりから始まったんじゃないかな。わたしも、研究の関係で、あちらで暮らしたことがあります。国が広いから、バッティングセンターも無数にありますよ」

村岡先生は、アメリカの空を思い出すような顔になった。それから、続けた。

「──《イチローは子供の頃、バッティングセンターに通った》って話したら、トリリン先生、《僕もだ》と喜んでいましたよ。あちらでも、リトルリーグの子供が、よく打ちに行くそうです」

「所変われど──ですねえ」

トリリン先生が、こういう話をしてくれるなら、ついていける。日本の女性作家だからといって、紫式部《むらさきしきぶ》のことなど聞かれたら困る。何しろ、お香まで嗅ぐ相手だ。あちらの方が、わたしの何倍も詳しいに違いない。こちらが小説を書いているからといって、光源氏《ひかるげんじ》について一席弁じられるわけではない。

ところが、その相手が——来ない。

5

関屋先生が立ち上がって、学内電話をかけた。関屋さん——先生がつづくとうるさいから、適当に《さん》も使って行こう——は、立ったまま、黙って呼び出し音を聞いている。

出ない。

「……いる筈なんだがなあ」

村岡さんが、

「トイレかなあ……?」

しばらく待ったが、それでも現れない。

関屋さんが、言い訳めいた口調で、

「来てるのは確かなんだ。午前中に、廊下で見かけたからね」

そして村岡さんに、《悪いけどちょっと、覗《のぞ》いて来てくれないか》といった。

「お近くなんですか?」

「ええ。研究室が、すぐ上の階なんです」

「それなら、いっそのこと、わたしもご一緒してよろしいですか」

「はあ?」

「物見高い——っていうか。知らないところに来ると、あちこち見て回るのが好きなんです」

「——取材ですか」

「というと、格好がつきますけど、まず、ご挨拶《あいさつ》しておこうかと——」

弁当を前に、ぽかんと待っているのも気が利かない。じっとしているより動いた方が、よっぽどいい。それならと、関屋さんも立ち、三人で上の階に向かった。

わずか一階のことだから、階段を使った。足を動かしているうちに、じわじわと妙な気持ちになって来た。

——既視感。

季節は違う。冬の底のようだった十八年前の京都。わたしは、やはり大学の研究室に向かっていた。遠く、高いところで、どろろどろろと重い太鼓が打ち鳴らされているような気分。

行かねばならない運命に突き動かされて、この廊下を歩いているような気がした。右手の窓からは、若葉を照らす春の日がさしている。幻灯に照らされたように明るい。それなのに、妙に辺りは冷え冷えと感じられる。

やがて、先頭の村岡さんが、ひとつのドアの前で立ち止まった。ノックする。

「トリリンさん、――トリリンさん」

名前を呼ぶ響きが、まるで鈴でも振るようだ。

返事はない。

普段なら、そこで引き下がるところだろう。だが、今日はこれから、後の予定がある。大教室に聴衆が集まるのだ。トークの打ち合わせを、そろそろ始めなければならない。出て来てもらわなければ困るのだ。

関屋さんが、ノブを握った。

「鍵《かぎ》――かかってない……」

カチリとノブが回る。ドアが開かれた。

「あ……」

普通ではない声がした。二人があわてて、部屋に入って行く。途中で、その足が止まった。

「こりゃあ……」

わたしは、困惑した先生方の背中越しに部屋の中を覗いた。

そして一瞬に、十八年前の京都の出来事を思い出した。

6

トリリンさんは、こちらに向かって倒れていた。春だけれど、そこから冬が流れ出て来るようだった。

村岡さんが手を出そうとした。わたしは思わず、叫んでいた。

「触らない方が、いいんじゃないですか」

「えっ?」

「何だか、あの……」

事件――という言葉は口にしにくい。しかし、そうであるのは明らかだ。

部屋には、弔うように芳香が漂っていた。

机の上に、お香の皿が置かれていた。趣味の店などで売っているものだ。何種類かの香りが簡便に楽しめるようになっている。

関屋さんと村岡さんは、左右からトリリンさんの頭を囲むように膝《ひざ》をついた。うつ伏せになっている。後頭部が上になって、目の前にあるわけだが、そこが――ひどいことになっていた。

「トリリンさん……」

二人は申し訳のように呼んでから、立ち上がる。

脇の机の電話に、関屋さんの手が伸びる。

「待って下さい」

思わず、声が鋭くなった。

「は？」

「ここの電話は使わない方が――。つまり、その……この部屋のものには手を触れない方が……」

関屋さんが何秒かの沈黙の後、頷いた。村岡さんが、携帯を取り出し、救急車と警察を呼ぶ。

体調が悪くなって倒れたとは思えない状況だった。転んで机の角に当たったような傷ではない。何より結果に対する原因を示すように、野球のバットが床に転がっていた。

「あれは……」

「トリリン先生のマイ・バットです」

と村岡さんが受けた。

「――さっき、話に出たバッティングセンターですよ。よく、気晴らしに打ちに行くんです。常連さんの中には、手にしっくり来る自分のバットを使う人がいます。トリリン先生もそうで、あれが研究室に置いてあったんです」

ここで、訪ねて来た誰かと罵《ののし》りあいになった。その誰かが、かっとなり、バットを取って振り上げた……のかも知れない。計画的犯行なら、別の日と時刻を選んだろう。だとしたら、まずいものがまずいところにあったわけだ。そんなものがなければ、揉み合いですんだかも知れない。

村岡さんが、いいにくそうに、

「あ、あの……こんなことといったら、不謹慎に聞こえるでしょうけど、あの手の形を……撮っておきたいんですけど」

視線が、戸口に向かって伸ばされたトリリンさんの右手の先に向かっている。

「……どういうこと?」

と、関屋さん。

「いえ、あの形って不自然じゃないですか」

右手の人差指、中指、薬指が、三本ぴったりついている。親指と小指は左右に開かれ、要するに、《1・3・1》という格好になっている。

左手の方は普通に床を掻《か》いている。なるほど見比べれば、こちらには強い意志が感じられる。最後の力を振り絞って、何事かを示したように見える。

「苦しがって動かしているうちに、ああなったんじゃないかな」

「いや、それなら、左手と同じく不規則な格好になるでしょう。——歪《ゆが》んだ蜘蛛《くも》の足みたいになる筈です」

ダイイングメッセージ——という言葉が、自然に頭に浮かんだ。差し出がましいけれど、いってみた。

「確かに、意味のあるものに見えます。だとしたら——記録しても、決して冒瀆《ぼうとく》にはならないでしょう」

関屋さんは、無言でわたしと村岡さんの顔を見比べた。わたしは続けた。

「——何かを伝えたいというのが、トリリン先生の《最後の意志》なら、そうしてほしい筈です」

指の形自体は、ひと目見れば覚えられる。シンプルなものだ。だが、《確かにそういう風になっていた》ということを記録しておくべきだろう。

村岡さんは、眉を寄せながら、携帯で《その手の形》を写真に収めた。故人の《意志》をそのまま伝えるのが義務とは思いつつも、顔見知りの死者にレンズを向けるのだ。抵抗があるのだろう。

シャッという音が、異様に大きく響いた。奇怪な鳥の叫びのように。

7

勿論《もちろん》、トークショーなど出来ない。

せっかく来てくれたお客様には、申し訳ないが、《トリリン先生が急病で倒れた》という掲示を出し、お帰りいただいた。

わたしと関屋先生の対談という形も考えた。しかし、病気ならともかく、トリリン先生は明らかに殺されたのだ。それを思うと、喪に服するのが人の道だろう。舞台に出たところで、心が波立ち、まともな応答が出来るとも思えなかった。まして、わたし達は第一発見者だ、警察の調べに応じなければならない。

事情聴取が終わるまで、お腹は空《す》かなかった。村岡先生が、温かい缶コーヒーを渡してくれた。それだけ飲んだ。

喉《のど》を通り、こぽこぽと胃に落ちる感じが生々しく分かる。当たり前のことだが、神経がいつもと違う。

三時過ぎに控え室に戻ると、助手の人が熱湯で溶いたインスタントのお吸い物を出してくれた。松花堂弁当についているらしい。

わたしは、それを啜《すす》りながら、卵焼きと白身魚ぐらいいつついた。

「ちょうど、昨日のことでした。トリリン先生が、ダイイングメッセージのことをおっしゃったんですよ」

と、村岡さんがいった。こちらはちゃんと箸《はし》をつけている。

「はい？」

十八年前の事件にも、ダイイングメッセージがからんでいた。

「トークでは、ミステリが話題になるでしょう。だから、予備知識を得たいと思って、少しレクチャーしてもらったんです。――そうしたら、トリリン先生のお好きなクイーンという作家が、よく、そのテーマを扱うそうですね」

「ええ」

トリリンさんの本の裏表紙に、《僕はジャックだから、クイーンにはかなわない》
というコメントが引かれていた。

「しかも、指をね、こうするのがある――という話でした」

村岡さんは、人差指と中指を重ねて交差させた。――ぶっ違いの《X》。トリリンさんは、形象表現が専門だ。こういう《形象》に、たまらなく魅かれるのだ。

「だから僕は、《指でアルファベットを示すなら、一番ポピュラーなのがこれですね》
といいました」

村岡さんは、交差された指を開きVサインにした。

「本当。これなら誰が見ても《V》と思いますね。もう、共通言語といっていい」

「でしょう？　そうするとね、トリリン先生は薬指も立てて、《こうすれば、Wサインだ》と、おっしゃった」

　村岡さんの指が、その形になった。親指と小指は折られて、下で重なっている。立った三本の指。

「それは、……さっきの手を思い出させますね」
　こういう伏線があるのなら、村岡さんが瞬時にダイイングメッセージかと考えたのも無理はない。ただ、トリリンさんの突き出した右手の、中三本は、ぴったりくっついていた。そして、親指も小指も立っている。単純な《W》ではない。

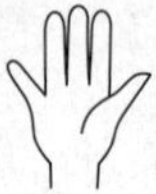

「《1・3・1》とか、《百三十一》とか……そういうことではないでしょうか」
　思いつきを口にしてしまった。

「数字が誰かと結び付くというと、学内電話や研究室の番号ですけどね。でも、これといった個人には行き当たりませんね」

トリリン先生にとってだけ意味のある数かも知れない。だとしたら、分かりようがない。亡くなった人の心の奥にまで、思考の範囲は広げられない。

「……とっさに作った形なら、複雑な意味でもないでしょう。ひと目で分かって、何かを指すようなもの。トリリン先生ご専門の、形というかデザインというか……そういう表現の世界で、何か思い当たるようなものは……」

と、いってみた。すると、今まで腕組みして黙っていた関屋先生が、苦しげな表情で、

「そういうことを考えても、結局は無責任な当て推量にしかならないだろう。僕は、どうかと思うなあ」

「はあ」

「というわけはね――」

8

関屋さんは、テーブルの上に両手を置いた。その指を見つめつつ、

「村岡君、指で作る《X》《V》《W》の件は、昨日、ここで打ち合わせをしている時に出たものだ。──僕も聞いている。一緒にいたからね」

「はい」

と、村岡さん。

「ミスター《W》なら、日本にも渡辺《わたなべ》さんや和田《わだ》さんがいる。しかし、《X》さん、《V》さんは見つからない。そんな話になったね」

「ええ」

「その頃には、打ち合わせも一通り終わっていた。つまり、雑談になっていたわけだ。君は仕事があったから、その途中で抜けた。あの後ね、トリリン先生がいったんだ」

「は？」

「まず、人差指と中指と薬指を三つつけ、親指と小指は離してみせた」

まさに、《あの形》ではないか。話は続く。「そして、僕の方に手を突き付けて、いった。《どうだね、この形は、あのビスケットの《M》に見えないかね？》」

そして、左手で形を作り、右の指でその上に筆記体の《M》をなぞってみせた。

「なるほど、差し出された方から見れば逆さの《W》になりますね。逆転の発想か。……そういわれれば、指の付け根の感じなんか、あのビスケットみたいです」

その言葉で、わたしはアルファベットのお菓子をありありと思い浮かべた。

「おいおい、村岡君。そんな、のんきなことをいっていていいのかい」

「……?」

「トリリン先生はね、こうすれば《M》を示すことになるといったんだよ。人だとすれば、――《ミスターM》だ」

村岡さんは、目を大きく見開き、憤然としていった。

「何です、そりゃあ。――そんな馬鹿な!」

関屋さんは苦笑し、

「無論だよ。トリリン先生は、指の形がビスケットの《M》に似ているという――いわば形象の類似性について語ったに過ぎない。それ以上の意味などない。――前もっての告発なんかじゃない。ただね、先生にとってあの形は、《X》《V》《W》に続く、

「――《M》だったんだ」

村岡さんは黙った。わたしがいった。

「《I・M・I》……」

「え？」

「親指と小指も考えに入れれば、ただの《M》ではなくなります。五本の指で作った《I・M・I》です。そういう略号ってあるでしょうか？」

村岡さんが、おずおずと、

「《i・m・i・t》なら、イミテーション、つまり《偽物》の略ですけど――」

関屋さんが、眉を寄せ、

「そりゃあ、いかにもこじつけだなあ。誰かを《偽者》と非難したというのかい？」

「いや……」

「それにしちゃあ《t》が足りない。――そんな風に、無理なことをいい出したら切りがないだろう」

それはそうだ。奇妙な指の形については、警察にも伝えた。しかし、それがどれほど真剣に受け止められたのかは分からない。また、真剣に受け止める価値のあるものかどうかは、わたしにも分からない。

関屋先生は、低い声でいった。

「いずれにしても、アルファベットなんて単純極まるものだ。それだけに解釈次第で、色々な結論を生み出す。ことは殺人事件だ。お遊びじゃあない。——軽はずみに、空理空論を振り回すのはつつしむべきだろう」

それが一応の結論になった。

最後には、お二人に加え、責任上、自宅から呼び出されて来た学長、学部長まで揃い、

「学内のことで、大変ご迷惑をおかけしました」

と、深々と頭を下げてくれた。

わたしは帰り際、どうにも気になり、ビスケットの《M》、それから《I》を二つ、いただいてしまった。

そっとティッシュにくるみ、ハンドバッグに入れた。

9

関屋先生のいった通りで、末期の言葉なら、ある一人を、単純かつ揺るぎなく示すものだろう。

苦悶《くもん》の末にたまたま出来た指の形に過ぎないか、あるいは我々に、その明白な一本

の道筋が見えないか。どちらかだ。

わたしが、一人暮らしのマンションに帰った時は、もう、とろんとした春の夜になっていた。

ティッシュを広げ、ビスケットを並べた。しかし、何も閃《ひらめ》かない。

——先生に……。

電話するしかない……と思った。

倒れそうになった時、親に手を差し出す子供のように、それがわたしにとっての自然だった。

巫先生は今、東京の下町に小さな部屋を借りて暮らしている。相変わらず《名探偵業》は続けているが、お客さんは来ないようだ。

その部屋は、わたしにとって、探偵事務所というより、巫先生ご夫妻の小さな——ごく昔風のいい方をするなら——愛の巣だった。

十八年前、京都の事件の幕引きの時、先生はいった。

——探偵は犯人を、知ろうとするものなのです。

そして、《あの人》は先生を見つめて、いった。

——ありがとうございます。

事件は終わっても、人と人の物語は続く。先生は、あの人を待った。

わたしなどが普通に考えれば、京都の事件など情状酌量があってしかるべき例だと思う。しかし、執行猶予は三年以下の懲役・禁錮《きんこ》又は五十万円以下の罰金にしかつかない。そして動かしようのない殺人罪なら、懲役となれば五年以上になる。

あの事件の場合、いわゆる酌量減軽の要素は数多かった。しかし一方で、犯行方法の緻密《ちみつ》さから計画性を問われた。そこが鍵となった。

判決は六年だった。

あの人は、いかなる事情があったにしろ、自分のしたことを考えた時、執行猶予を望まなかった。むしろ、刑を受けたかったのだろう。控訴はしなかった。

服役態度から出所は早まったようだ。

その間、あの人が気にかけていたのは、病気のお母さんのことだろう。出所後は、お姉さんと一緒に介護に専念した。お母さんの昇天を看取った後、東上して巫先生との生活が始まった。

嬉しいことに、わたしだけはその知らせを受け取ることが出来た。お祝いの薔薇《ばら》の花を持って駆けつけた。

ママゴトのようなご夫婦に見えた。子供のような、あるいはすでに何十年の時を過ごし何もかも理解しあった二人のように。

結婚生活は、七、八年だったろう。短いといえば短いが、二人の間には濃密な時間が流れたことと思う。急な病に倒れた後、あの人は長く寝込むこともなく逝《い》った。

先生は、初めて会った夏の日と同じく、一人になった。定規を使って横に引いたような、眉、目、口は変わらない。やはり、

——モアイ像のようだ。

と、思ってしまう。

だが、前髪のあたりに白いものが見え、意地悪な目で見れば、肌に衰えは感じられる。しかし、それ以上に変わったのは、一人でいても実は一人ではない——と、わたしには見えるところだ。見えないあの人が、いつも隣につつましやかに寄り添っている。

きっと、そうだ。そうなのだ。

10

「——先生。姫宮です」

声の調子で、どんな電話か、先生には分かる。直感してしまうのだ。

わたしが、こういうことで、先生の出馬を願うのは十八年ぶりだ。

その間は、いつ何があってもいいように、先生は、いわゆるフリーターで暮らして

いた。

　当たり前なら、《名探偵》として身構えるところだろう。しかし、先生は昨日の今日のように、ごく自然に受ける。

「事件ですな」

「はい」

　名探偵の扱うような事件だ。お話の世界ならともかく、現実にはまず、金銭的に報われない。それでも先生は、じっと待っている。そうするしかない。自分が《名探偵》だと知ってしまったからだ。

　動かせぬ星の下にいると気づいたら、そう生きるしかない。名探偵とは、何よりもまず——可哀想なものなのだ。

　わたしは、ここまでの経過を説明した。先生は、落ち着いた低い声でいった。

「《I・M・I》ですか」

「そうです」

「《アルファベットは多くを暗示する。とても捉《とら》え切れない。この指文字について考えるのはやめるべきだ》——そういう結論になったのですな」

　わたしは、ビスケットの文字を軽く指先でつつきながら答えた。

「はい」

先生はそこで、意外なことを聞いて来た。

「そこまでの偶然はないと思いますが、一応、確認しておきましょう。トリリンさんと付き合いのあった人の中に――《竹河《たけかわ》》という人物はいましたか」

「は？」

「竹河です。松竹梅の《竹》に、スエズ運河の《河》」

一瞬、わたしの頭の中に奇妙な映像が浮かんだ。

……紅海と地中海を繋《つな》ぐ水の道の上で、縁起のいい松竹梅が揺れている。バックに流れるのは、鼓や笛の演奏だ。スエズ運河はめでたいな、めでたいな……。

わたしは、眼をしばたたいてその幻影を振り払った。

「――確認してみます」

先生は重々しく応じる。

「お願いします」

竹河――《ミスターT》、一体全体、そんな名前が、どこから出て来たのだろう。

11

翌日は月曜だ。

大学の先生は、平日でも休みのことがある。朝一番に事務室に電話をかけ、関屋さんが出る日だと確認した。

巫先生と落ち合い、昨日と同じ門をくぐった。幸い、自分の顔写真の出ているトークショーのパンフレットを持っていた。門のところで、それを見せ、

「昨日、お世話になりまして……」

と話した。中止になったトークを延期と取られるような口ぶりで話し、今後の対応についての相談があるよう匂わせた。

著者近影の載っているわたしの本も持って行ったが、それを出すまでもなく通過出来た。

事務室で、関屋さんの研究室を確認する。こちらでは、面談の約束があるように話した。

関屋さんは、午後の早めの授業をしている。帰って来るまで、研究室の前で待った。

「昨日の今日です。わたしなら、休んでしまいますが……」

巫先生は、低い声で答えた。

「だからこそ、今日は来たかった。そういう人なのでしょう」

やがて、エレベーターの方から足音が聞こえて来た。関屋さんだった。シャツは替えたのかも知れない。だが、昨日と同じ背広、同じネクタイだった。

もし刺殺で、返り血の飛ぶような事件だったらどうか。背広に血がついていたら、この人は拭《ふ》くことも出来ず、すんなり事情を話していたのかも知れない。

――そんなことを思った。

関屋さんは、驚くほど間近まで、わたし達に気づかなかった。うつむき加減で歩を運び、わたしの脚の辺りを見、それからふうっと視線を上げ、声にならない声で《あっ》といった。

「姫宮です。昨日は、お世話になりました」

「……………」

「こちらは、わたしが相談相手になっていただいている巫さんとおっしゃる方です」

巫先生は、黙って頭を下げた。

「――少しばかり、お話ししたいことがあって参りました。お時間をいただきたいのです」

関屋さんの肩が下がった。床に崩れたわけではない。立ってはいたが、まるで操り人形の糸が切れたような感じだった。

そして、関屋さんはいった。

「そちらの方は……用心棒というわけですか……」

声の色は同じだ。しかし、同じ管楽器を、疲れ切った人が吹いたような調子だった。

眠れぬ夜を過ごしたのだろう。

首を小さく横に振りながら、

「心配はいりません。わたしは、……暴れたりはしませんよ。正直、そんな力はない。……不思議ですね。それでも授業は出来た。……教室に立つと、何とか、別の心になれた。わたしはやっぱり、教えるのが嫌いじゃないんだ。そのことに気が付きました……」

ポケットに手を入れると鍵束を出し、ゆっくりとひとつを選んだ。そして、鍵穴に入れる。

「どうぞ、お入り下さい」

部屋には、教授用の机の他に、長机がある。生徒との面談を、そこで行うのだろう。関屋さんは脇に抱えていた本や資料を置くと、わたし達と向かい合い、長机の椅子に座った。両側の壁は本棚である。

「お茶も……出そうと思えば出せますが、まあ勘弁して下さい。ひどく疲れていますから」

「はい」

関屋さんは瞑目《めいもく》し、しばらく眠るように黙った。そして、眼を開き、

「……うかがいましょう、お話というのを」

12

わたしが、巫先生の洞察力について説明すると、関屋さんはいった。

「名探偵……というわけですか」

期せずして、わたしのいいたいことと重なった。

「そうなんです」

「……神のごとき名探偵か……」

巫先生は、表情を変えずに、

「コンピュータのごとき——というべきか。近頃では、そう考えます。実に味気無いものです」

「……とおっしゃいますと」

「名探偵の頭の働きはひとつではない。その中に、無限の可能性の中から、唯一の結論を瞬時に選び出す——こういう働きがあります」

「……はい」

「昨日、わたしは、姫宮さんから相談を受け、ことの流れを聞きました。そうすると、あなたが、被害者の指のサインから話をそらそうとしている——ように思えたのです」

「……かも知れない」

「ことに、姫宮さんが《I・M・I》か、といったところで、話を打ち切ろうとした」

「………」

「確かに《I・M・I》では、意味がつかめない。しかし、中の三本の指が《W》ではなく《M》といい出したのは、あなた自身だ」

「………」

「《M》であるうちはいいが、《I・M・I》といわれると困る何かがあるのではないか」

「それは、かなりの飛躍ですね」

「そこです」

「え？」

「飛躍です。そこにこそ、昔ながらの名探偵の意義もあった。あることとあることとの、思わぬ結び付きを発見する。常人では分からぬ一本の道を、空から見たかのように示す」

「………」

「この場合、《あなたが指のサインから離れようとしている》のなら、そこからひとつの仮説が導ける。《指のサインはあなたを示しているのではないか》」

関屋さんは、落ちかけた眼鏡を上げながらいった。

「しかし、アルファベットの追求は不毛だったでしょう?」

「アルファベット――」

「はい?」

「そう補助線を引かれると、迷い道に入る。《V》でも《W》でも《M》でもない。もっと単純明快に、この指は――あなたを指しているのです」

関屋さんは、厚めの唇をぎゅっと結んだ。わたしは、そっとビスケットを取り出す。

それをティッシュの上に並べた。

先生がいった。

「指が示していたのは、単純にこの形——この印なのです」

関屋さんが、つぶやくように応じた。

「何を、おっしゃっているのか……」

「この場合、ことは逆算出来るのです。サインがあなたを示していると仮定する。そうすると、これは即ち《関屋》という形だということになる。——わたしには、そこで見当がつきました。それが名探偵の仕事です」

そうなのだ。だが、現代にはコンピュータというものがある。京都の事件の時、わたしには、それを使うことなど出来なかった。だが、今は違う。現代では違う。

名探偵の脳の働きを機械で代用することが出来るのだ。昨日、「お願いします」と先生にいわれた後、わたしはすぐ、村岡さんの携帯に電話した。

トークの担当である。万一、遅れた場合などに備え、緊急時の連絡先は知らされていた。

村岡さんは、すぐに出た。そして、

「……《竹河》？　そんな人は知りませんねえ。……少なくとも、うちの関係者にはいない筈です」

「そうですか」

「トリリン先生の授業と僕の授業では、受ける学生がかぶっています。生徒の中にも、そんな子はいなかったと思います」

「はい」

村岡さんは、当然の質問を返す。

「そういう人物が、捜査線上に上がって来たのですか？」

「いえ……その……、ただの思いつきなので」

「――どういう？」

「……はあ、ことが重大なので……もう少し、詰めたところでないとお話し出来ないのです。……申し訳ありません」

聞くだけ聞かれて答えてもらえない村岡先生は、明らかに不満の固まりになっていた。しかし、実のところは、わたしも分からないのだから、返事のしようがないのだ。

わたしは、電話の結果を先生に伝えようとして、

――待てよ。

と、思った。

巫先生は、図書館博物館を頭に内蔵しているような、常識を超えた《名探偵》だ。しかし、それと似通ったものなら、今、わたしの机の上にある。

――パソコン。

現代では、あまりにも日常的になってしまった代物だ。わたしは、それを開きネッ

トに繋ぎ、《竹河》と入れた。

それだけで、何かが見えて来るわけがない。ただ思いがけないことに、竹河というのが『源氏物語』の一帖《じょう》の名でもある――と分かった。しかし、雅《みやび》な王朝の物語が、こんな殺人事件に繋がる筈もないだろう。

あきらめかけたが、そこでふと考えた。

――先生は、竹河などという人はいないだろうが、一応、確認しておこう……という口ぶりだった。

だとすれば、本命は別にあり、まぎらわしい対抗を排除する――ということだ。まぎらわしい二人。何かが似通う二人。

ここで、本命が誰か――と迷うまでもない。何しろ、わたしが先生に告げた名は二つしかないのだ。

今日、会って話を交わした人を疑うのは気がひけるが、まず《村岡―竹河》と入れて検索してみた。これといった情報は得られない。ところが次に、《関屋―竹河》で調べると、はっきりとした繋がりが見つかってしまった。

――関屋！

それもまた『源氏物語』五十四帖の一つだった。

――でも、でも？

あの指の形が、『源氏物語』に繫がる……そんなことがあるのだろうか。

トリリンさんが、日本通であることは分かっている。わたしは、紋章や家紋の類《たぐ》いに何かないかと思った。そうやって、ヒントとなりそうな言葉を、《関屋》の隣に入れ、検索してみた。だが、それではこれといったところにヒットしない。

――鍵が、別にあるのだ。

その時、トリリンさんの研究室に流れていた香りの記憶がよみがえってきた。無論、そんな導きのために薫《た》かれていたわけではない。しかし、トリリンさんが香に興味を持っていたことは確かだ。

――関屋さんの奥さんに、香道を教わっていた……。

そう閃いて、《関屋―香道》と入れたら、あっけなく答えが出てしまった。

――源氏香！

香道で香りを当てる時、使うマークがそれだ。そういわれれば、わたしもどこかで見たことがある。縦の五本の線を横に繫ぐと様々な形になる。

そのそれぞれに、誰かが『源氏物語』五十四帖の名を付したのだ。天才的な思いつきだ。

そして、――《I・M・I》の形。

このマークの名が《関屋》だった。香道をやっていれば、嫌でもお目にかかる印だ。そして、その道の案内をしてくれたのが《関屋》さんの奥さんなのだ。トリリンさんにとって、五十を越える印の中でも、これが印象深いものとなるのは自然なことだ。

——では、《竹河》は？

と、ネットで見つけた源氏香の図を見た。

——なるほど。

と、思った。確かにこちらも、あの指の形に似ている。

しかし、これで《竹河》を指そうというのは無理だ。何しろ、すでに《関屋》さんがいる。どちらか分からなくなる。一人を示すことができなくなってしまう。

それ以前に、事件の関係者に《関屋》と《竹河》が揃う——というのは、どう考えても不自然だ。鈴木や佐藤ではないのだから。

――ではあるが先生は用心深く、そのあり得ない可能性を消しにかかったわけだ。似たような印といえば、もう一つ。《幻》もある。

これだ。

III

しかし、《幻》の人を示すというのは考えにくい。何より、《関屋》という答えが、すでにここにある。

わたしは折り返し、先生に電話した。

「――意味が、分かりました」

と、伝えつつ、いけないことをしているような気になった。

――これは、名探偵のみが、たどり着くことの許される真相ではないのか。

それを現代ではコンピュータがやってくれる。人の身で神の領域に足を踏み入れてしまったような畏《おそ》れを感じた。

名探偵とは、現実世界では生きにくい、可哀想な存在である。そうであるのに、このような領域侵犯までされたら、立つ瀬がないだろう。

「あなたが、《M》といい出したのは、サインを《村岡》さんに結び付けるためでしょう。彼を動転させ、このメッセージについて、考えるのをやめさせたかった。——しかし、そこから、思いがけず《I・M・I》にまで話が飛んだ。つまり、《関屋》の印に近づいてしまった」

　関屋さんは、顔をしかめた。

「……あの時には、あわてました。ぼっと周りに火が点《つ》いたような気がしました。かなり強引に、話題を変えようとした」

「トリリン先生は、きっと前から、あの指の形を、あなたに見せていたのですな」

「はい。源氏香の印は、日本の家紋にもなっているのです。デザインとして、実に秀逸なものです。あの男が関心を持つのは当然でした。……そして、お香をやり始めて、すぐ、わたしに向かって見せたのです。《これが関屋だ》……と。……《M》などと、月並みなことをいったのではありません」

「村岡さんは、それを知らなかった」

「はい。……いうなれば、《関屋》のマークは、秘め事のようにわたしに見せられたのです。にやりと笑って……嫌な笑いでした……」

「失礼ながら、あなたはそこで、もう一人の関屋――奥様のことを思ったのでしょうな」

「はい。あいつは、妻にも、その印を見せたのだと……思いました。秘密めかして……《これが君だよ》と」

そのようなことではないか、と思っていた。指のマークは、さらに言葉以上のものを語っていた。どういう場で、どのように見せたのか。

関屋さんは、机の上のビスケットを見つめた。

「こんな出来事に、菓子がかかわるというのも奇妙なものです。しかし、アルファベットのビスケットどころか、日本には、源氏香の形の落雁《らくがん》……もあるのですよ」

なるほど、いかにも作られそうだ。それだけ魅力的なデザインなのだ。

「……もし、あの場に出た菓子が、そういう落雁だったら、……きっと、わたしは全てを告白していた。《もう仕方がない》という天の声を聞いたでしょう。……しかし、ビスケットだ。最後のメッセージを、アルファベットと思ってもらえばいい。そうなれば、《関屋》にはたどり着けない。何とか隠せそうだ……と思ったのです。あの指の形から、源氏香を連想するのは難しい。……香道を知らない人間なら、まず無理だろう……と」

関屋さんは、むしろ言葉を吐き出すことが救いであるかのように続けた。

「……ご覧のように、わたしは女に好かれる二枚目ではありません。妻が、わたしを受け入れたのは、そういっては何ですが大学教授になれる才能ゆえだと思います。若い頃には、それだけで満足してくれたのです……」

額が上に広がり、間延びのした印象はある。長い鼻がそれを強調している。おまけに、今は一日で、何年も年をとったように見えた。

「……だが、あの男は……トリリンは、わたしなどとは比べ物にならない才知の輝きを見せていた。学者として世界で通用する。おまけにあの容姿です。……からかい半分にでも、甘い言葉をかけられたら、ひとたまりもない。妻は……そんなことには愚図なわたしと、長年連れ添っていたのです。夜の闇から出て、朝焼けを見たようなものでしょう。……わたしは、わたしは……、もしあの男が本気で妻を好いていてくれるなら、それでもいい……とさえ思ったのです。わたしには決して与えられないものを、あの男が与えてくれたのなら。……昨日、会場の配置などを詰めるため、トリリンの部屋に行きました。簡単な打ち合わせだけのつもりだったのです。ところが、成り行きで、わたしは……今、いったようなことを、……思いが真剣なものなら、わたしは許す……といったのです。あの男は、それを……笑ったのです。《日本人の犠牲的精神ですか、そんなもの、必要ありません》……と。あいつには、妻とのことなど、バッティングセンターでボールを打つほどの慰みでしかなかった。おまけにあいつは、年上の女を嘲《あざけ》るようなことをいった。……妻が、妻が可哀想でならなかった。許せなかった……。わたしは冷静……というより臆病《おくびょう》な男です。感情的になったことなど、今まで一度もなかった。そんな自分を憐《あわ》れんでいたくらいです。それが、あの時だけは……」

関屋さんは、大きく息をついた。

「……気がついてみると、奴が倒れていたのです。とっさにバットの指紋をぬぐって、投げ出しました。……それ以外の指紋なら、いくらあっても差し支えない。わたしは奴の部屋に、確かに来ていたのですから。……罪を認めようなどとは思わなかった。……何のために奴が殺されたのか、妻に知らせたくなかったのです」

長い沈黙があった。

先生がいった。

「しかし、――もう、そうは行きません」

「はい。……はい。いわれるまでもありません」

「自首という形をとった方がいいでしょう。後々の印象が違う筈です」

「ありがとうございます。そうさせていただければ……」

関屋さんは、じっと自分の手を見つめた。

「この年になるまで……わたしは、妻に、愛している、などといったことはありませんでした。そんなことのいえる男ではなかった。面白みのない、学問しか能のない男です。しかし、あの時だけ……あの瞬間だけ、わたしは、全身で……今までにいえなかった言葉を、叫んでいたのかも知れない」

　それから、思いがけなくわたしに向かって、

「『源氏物語』の《関屋》は、どんな巻か、ご存じですか?」

　トリリン先生に聞かれたら困ると思っていた種類の問いかけだ。

「いえ……」

　答えは先生が引き受けてくれた。

「光源氏が、逢坂《おうさか》の関で空蟬《うつせみ》とすれ違うところですな」

「はい。あの長い物語の中の……短い、実に……短い巻です」

《逢坂の関》なら、百人一首にも出て来た。そちらなら、かろうじて浮かぶ。

　――これやこの行くも帰るも別れてはしるもしらぬもあふ坂の関
だったろう。

　いうなれば人生の交差点。人々が行き交うのが関所だ。

「源氏が、夜を共にした相手が空蟬です。心を残しながら、二人は別れる。……源氏に自分をなぞらえるつもりなど、毛頭、ありません。……しかし、もう妻は二度と、

わたしに会ってはくれないでしょう。……わたしは妻にとって、……つまらないだけではない」

関屋さんは、苦く笑った。

「……実に迷惑な男でした」

14

「——いや。それは違います」

と、先生は言った。関屋さんは、うつむいていた顔を、ふっと上げた。

先生は続けた。

「——しかるべき時を経て、源氏は、尼となった空蟬と再会するのです。あれは、——そういう、物語だった……」

長い沈黙の後、関屋さんがいった。

「よくご存じで……」

先生は、一文字に結んでいた口を開き、ゆっくりと答えた。

「わたくしも、いささか本を読み、そして——人生もまた、読みました」

関屋さんは、わたし達の前で警察に電話をした。自殺の心配はなさそうだった。だとすれば、もうここにいる必要もない。

しばらく見つめ合った後、黙礼をして部屋を出た。

歩みは自然、ゆっくりとしたものになった。一方、警察の車はことがことだけに呆《あき》れるほど早かった。

中庭を見つめる位置に立っていると、パトカーが警告音を鳴らさずに、門から入って来た。がっしりした男達が、速足で事務室の方に進んで行った。

春の、午後の陽が、その足元に影を作っていた。

遠い唇

1

分かり切った固有名詞が、時折、出て来ない。そのくせ、半世紀近く前に聞いた言葉が、突然、はっきりと浮かんで来たりする。

この間も同僚——といっても、寺脇《てらわき》よりかなり若い教授なのだが——と食事をしていた時、

「……《コーヒー欲《ほ》る》」

と、口にしていた。

「はい？」

「いや、そういう言い回しを知っているかい」

「寡聞にして存じませんね」

相手が、趣味で俳句を作り始めた——と、いい出したのだ。文学部の教授同士なら失礼だったかも知れない。しかし、二人とも経済を教えている。

「《欲る》というのは、欲しくなる——ということだよ。どういうわけか、何かを無性に食いたくなったり飲みたくなったりすることがあるだろう」

「ええ、ええ、ありますね。ふと、ラーメンが食べたくてたまらなくなったり——」

「それだよ。ごく短い、恋の病みたいなもんだ。取り憑《つ》かれるんだな、あれは」

「——で、それがどうかしたんですか」

「俳句にあるんだ。——《大學《だいがく》に来て踏む落葉コーヒー欲る》」

「ははあ」

「中村草田男《なかむらくさたお》だ」

相手は、口の中でその句を繰り返し、

「何となく分かりますね」

そこに、食後のコーヒーが来た。教職員用の食堂なので、学生で込み合うこともなく静かだった。

「こういうのを読むと、コーヒーには冬が似合うような気がするね」

前期の授業もそろそろ終わろうかという、炎暑の日だった。外に出たら、夏の日にかっと照らされる。

「季語なら《落葉》でしょう」

「それはそうだ。だから、気分だよ。コーヒーの薫りや湯気の背景は冬か秋がよささそうだ」

相手は頷《うなず》き、

「……しかし、先生は読書家だ。草田男まで読んでいるんですね」

寺脇は、小さく首を振り、

「いや。――人に教わったんだよ」

学生時代、ミステリのサークルに入っていた。そこの、一学年上の女子が教えてくれた。

溜《た》まり場になっていた喫茶店のマスターが、コーヒーに凝る人だった。田舎から出て来た寺脇は、コーヒーは単に《コーヒー》としか思っていなかった。だが、その店のメニューには色々な豆の銘柄が書かれていた。溜まり場に居座るためには、一日一杯は頼まないといけない。寺脇は、いつも一番安く、かつ分かりやすいレギュラーを頼んでいた。

長内《おさない》先輩は文学部。ショートカットで色白で、いつも物静かな感じだった。レギュラーより安いのがミルクコーヒーで、それを飲んでいることもあった。何となく、女子向きというイメージがあったから、寺脇は頼んだことがなかった。

細長いカップに入ったミルクコーヒーを飲んでいる先輩に、

「半分ぐらい牛乳でしょう？　牛乳の方が安いのかな？」

と、聞いたことがある。店の人に聞いた方がいい質問だ。先輩は、上がり気味の眉《まゆ》の下のくっきりした目を、寺脇に向け、

「というより、こんなの邪道だと思ってるんじゃないかしら」

「はあ？」

「こういう飲み方もあるけど、あくまでも正統じゃないから、コーヒー並の値段なんかつけられない」

「ポリシーですか」

「――じゃないかしら」

溜まり場には、クラブ員達が自由に書いて行くノートがあった。先輩は、そこでノートを取り、書いて見せた。

大學に来て踏む落葉コーヒー欲る　草田男

長内先輩の字は、その人らしく美しかった。遠い昔のことだ。

研究室に戻り、次の授業の準備をしていると、先程の相手から構内電話があった。

「やっぱり、《コーヒー》は季語にはありませんね」

歳時記を開いたのだ。

「うん。《落葉》と重なるからね、季語だったらそういう使い方はしない」

「《アイスコーヒー》なら、夏の季語になります」

「なるほど」

「《コーヒー欲る》はありませんけど、《蒟蒻《こんにやく》掘る》なら、冬の季語です」

それは全くの、お門違いだ。

2

一人暮らしのマンションに帰って、クーラーを点《つ》けた。テレビは点けずにいると、クーラーの静かな響きが、遠くの風のように聞こえる。

風呂《ふろ》の後、ふと思い立ち、学生時代の同人誌などを入れてある箱を引っ張り出した。何十年ぶりのことだが、ある場所は分かっているから、すぐに出て来る。寺脇は、きちんと整理をする方だ。

缶ビールを開け、ガリ版刷りの同人誌をぱらぱらと見る。今となっては、いかにも古めかしい。

何冊目かのページの間から、追い出しコンパの案内葉書が落ちた。

「……ああ」

手に取ると、長内先輩の字で、自分の宛名が書かれている。七円葉書の時代だ。切手の部分に青緑で刷られているのは、薬師寺東塔《やくしじとうとう》の水煙に舞う飛天——空飛ぶ天人である。横笛を吹いている。あの頃は、日本の各地を、この飛天が行き交っていたのだ。裏を返すと、大きくコーヒーの染みが付いている。すっかり色あせてはいるが、今でもそれとはっきり分かる。

時が、一瞬によみがえった。

寺脇のいた頃、新入生歓迎と卒業生を送り出す追い出しコンパの二つは、通知の葉書を出していた。

今のように、パソコンを使って簡単に印刷出来る時代ではない。ガリ版の印刷機は、クラブ員が持ち回りで自分のところに置くことになっていた。その冬は寺脇のところに、印刷機があった。自然、彼が担当になった。ガリ版で必要事項と案内図を書いた。金釘《かなくぎ》流だが、ガリ版の原紙には細かく罫《けい》線が引かれている。それなりに格好は付いた。

しかし、宛名書きとなると、そうもいかない。

長内先輩の字なら理想的だ。よく話しかけてくれ、本を貸してくれる。男兄弟しかいない寺脇には、姉のように頼みやすかった。

「すみません。お願いできませんか」

先輩は、唇の端をちょっと上げて微笑み、こくんと頷いた。

刷った葉書を持って来て、溜まり場の喫茶店で宛名書きをしてもらった。向かい合って座った。脇でストーブが燃えていた。

クラブ員の住所録を長内先輩の方に向け、葉書の一枚を横にして名前の上に当てる。一人書き上げるごとに、それをずらして行く。学生だから、金銭的余裕はない。余分に刷ってはいない。同じ人に二枚書いてはならない。勿論《もちろん》、誰かを飛ばしてもいけないわけで、それなりに神経を使う。

だが失敗というのは、緊張している時に起こるものだ。半分ほど終わった時、残りの葉書を長内先輩の取りやすい位置に置きなおそうと、手を伸ばした。その甲がテーブルの上のカップに触れた。

「あっ」

コーヒーの残りがこぼれ、住所録の上に広がった。先輩がとっさに救いの手を出したが、間に合わない。そこに置いてチェックに使っていた一枚には染みが付いてしまった。

長内先輩は、葉書のコーヒーを拭《ふ》くと濡《ぬ》れた面をしばらくストーブに向け、ちょっと嬉《うれ》しそうにいった。

「これ、寺脇君の分ね」

担当したのだから、うちには藁《わら》半紙に試し刷りした分もある。改めての連絡などいらない。もともと、失敗した時の予備のつもりだから、

「いいですよ」

と、答えた。

書き終えると、葉書の束は返されたが、湿っている一枚は、

「わたしが出しておくわ」

といわれた。

しばらくして、染みの付いた通知が届いた。それを見て、寺脇は首をひねった。通信面を縁取るように、こんなアルファベットが書かれていたのだ。

AB／CDE／FGHI／JKLMK／NMJKCDOの雪／FIPJQKRK／SMTUIJQKRK／だからRGENSK・TNLT

いかにも何かの暗号めいている。だが、雲をつかむよう――とはこのことだ。

3

溜まり場で顔を合わせた時、

「何です、あれ？」

と聞いてみたが、先輩はいつもの長内さんらしくない、冷たい調子で、

「何でもないわ。──いたずら書き」

と答えただけだった。その後、唇は硬く結ばれた。

翌年の冬、長内先輩は卒業して行った。故郷の町に帰ったらしい。

さらに一年が経ち、寺脇が学窓を去ることになった。追い出しコンパには、卒業生が顔を出すこともある。連絡の葉書も、昨年出た人にまで送るのがクラブの習わしになっていた。

内心、

──長内先輩が、来てくれるのではないか。

と期待した。

だが、連絡担当になった二年生から意外な知らせを聞くことになった。

「長内さん、亡くなったみたいです」

どういうわけかは分からない。ただ、親御さんから、

──せっかくのご通知だが……。

と逝去を知らせて来たという。

――そんな馬鹿な。

と思った。だまされているようだった。

長内先輩は、これから多くのものを見聞きし、多くのことをし、多くの人と会う筈《はず》ではなかったのか。

そこまで思って寺脇は、両肘《ひじ》を脇腹に押し付けるようにして慄《ふる》えた。何の遠慮もない一人暮らしだ。風呂上がりの汗ばむ体で、上半身裸でいたのだ。クーラーの風が、じわじわと身にこたえて来た。

パジャマになった。

改めて、長内先輩が宛名書きをしてくれた葉書を見る。それが、まるで時を越え、今、届いたもののように思えて来た。

「何でもないわ。――いたずら書き」

というのを、

――それ以上近寄るな。

という言葉のように聞いた寺脇だった。

無論、これだけの年になってしまえば臆《おく》するところなどない。見返しているうちに、《NMJKCDOの雪》というところが、くっきりと際立って来た。

あの頃、長内先輩は何冊もの本を教えてくれた。その中に『ヘミングウェイ短編集』があった。印象に残る作が幾つもあった。

先輩は、その中のひとつの巻頭を指して、いった。

「いいでしょう」

本は先輩に返した。今、書棚には、高見浩《たかみひろし》の訳した『ヘミングウェイ全短編』がある。

寺脇は、それを抜き出した。

こう書かれていた。

　キリマンジャロは標高六〇〇七メートル、雪に覆われた山で、アフリカの最高峰と言われている。その西の山頂は、マサイ語で〝ヌガイエ・ヌガイ〟、神の家と呼ばれているが、その近くに、干からびて凍りついた、一頭の豹《ひょう》の屍《しかばね》が横たわっている。それほど高いところで、豹が何を求めていたのか、説明し得た者は一人もいない。

「キリマンジャロの雪」である。

4

《NMJKCDOの雪》が、仮に「キリマンジャロの雪」であるとしたら《N》が《キ》、《M》が《リ》……というようになる。

寺脇は、葉書の上に、思わず身を乗り出した。

文字を代入してみる。


　AB／ジャE／FGHI／マンLリン／キリマンジャロの雪／FIPマQンRン／SリTUIマQンRン／だからRGEキSン・TキLT

結果は思わしくない。やはり、何も分からない。

――読めないままに、消えて行く言葉なのか。

しかしふと思いつき、《だから》の前の部分の、アルファベットだけを抜き出し、改行して並べてみた。そうすると、おぼろげながらある形が見えて来た。

　AB

ジャE
FGHI
マンLリン
キリマンジャロ
FIPマQンRン
SリTUIマQンRン

溜まり場の喫茶店が、浮かんで来る。

――これ、コーヒー豆のことじゃないか！

《キリマンジャロ》に対して、《ジャE》は《ジャワ》、《マンLリン》は《マンデリン》ではないか。

そうなると、最後の二つは、単語が長く、《マQンRン》の部分が共通している。コーヒー豆で最後が《マQンRン》なら《マウンテン》ではないか。《FIPマQンRン》が《ブルーマウンテン》というのはありそうなことだ。

――何とかマウンテン、というのが他にもあったかな。

ネットを見ると、たちまち、クリスタルマウンテンだと分かった。字数も十字でぴったりだ。

となれば、最初の《ＡＢ》は《モカ》か《コナ》ということになる。これは、どちらでも、最後の謎解きには影響ない。《ＦＧＨＩ》は《ブＧＨル》となるのだから、問題なく《ブラジル》だろう。

感情が込み上げる。

最初の鍵《かぎ》となる言葉。自分は、それを思い浮かべることが出来なかった。だが、今は分かる。キリマンジャロの高みを求める豹は、若い先輩にとって、胸を打つ大切なものだったのだ。

――だから？

貰い石をピンセットで運ぶように、一字一字を、続く言葉に置いていった。

だからテラワキクン・スキデス

じっと、浮かんだ文字の列を見つめた。目を、そこから離せなかった。

クーラーの音が、しんしんと響く。

――これが、どれほど重いものか。それとも、ただの、いたずら書きか。読み解いていたら、あの人はどうなっていたのだろう。

今となっては、誰にも分からない。

寺脇は、半分ほど残ったビールの缶を押しやった。
たまらなく、コーヒーが飲みたかった。

振り仰ぐ観音図

1

さて、早苗《さなえ》さんのことを話そう。

出版社に勤めている。ある作家さんが、酔っ払いの出て来る物語を書くため、某社の女性編集者に取材している――といったら、

――ああ。某社ってあそこでしょ。

と、あっさり当てられたそうだ。

「個人の力では、なかなかそうはまいりません。皆さんのお力添えあってのことです」

と、力説（うーん、力という字が、随分重なってしまった）した早苗さんだが、作家さんに、

――いやいや。君の努力のたまものだよ。

と、いわれてしまった。

今は一児の母だが、若い時には、さまざまな武勇伝がある。無論、色恋の話でも、

悪人をなぎ倒したわけでもない。酒の上での武勇伝である。

気持ちよく水割りなどやっていたら、先輩女子が先に帰ってしまった。足を楽にしたいと、靴を脱ぎ飲んでいた早苗さん、

「まだ早いですよー」

と店を飛び出し、銀座《ぎんざ》裏の道を、降り注ぐ月光を浴びながら髪振り乱し、裸足《はだし》で後を追いかけた。

それ以来、社内では、

——裸足で駆け出す、愉快なサナエさん。

と呼ばれるようになった。

結婚したケンちゃんは面倒見のいい男で、心配性、子供が出来ると、

「飲んでないよね」

という。

早苗さんは、

「飲んでないよー」

と、答えつつ、内心、無念である。炭酸水にレモン汁を入れて、ちびちびやっていると疑惑の目で見られた。早苗さんは、険悪な視線を返し、

「——何よ」

「それは……」

「ハイボール！」

「えっ」

「──のつもりのレモン水」

などとやっていた。

旦那《だんな》としては、赤ちゃんへのアルコール分の心配もさることながら、酔うと何をするか分からないという不安がある。

そのケンちゃん、生真面目だが実はいける口である。まあ、そうでなければ、早苗さんとのお付き合いなど始まらないわけだ。暑い時、うちでビールを口に運んでいるところを見つけると、早苗さん、いらっとし、

「あなたも、やめなさいよ」

「えっ。──ぼ、僕も？」

「二人の子なんだもん。あなたの飲んだアルコールが、空輸されて、あたしのところに来るよ」

「それはないでしょ」

「いやいや。ほら、山陰若狭《わかさ》の寺の水が奈良まで通じてるとか──そんな話があったでしょ」

お水送りがお水取りに繋《つな》がる。ゆかしい伝説だ。

「いきなり、神がかりになるなあ」

いや、仏がかりかも知れない。さてそこで遠慮こそするが、ケンちゃんも人間、見せつけはしないが飲んではいる――と、早苗（おなじみになって来たから、そろそろ、さん、を取ってしまおう）には、これが分かるのですね。野生の勘が働くのだ。肉食獣が獲物を察知するようなものである。

可愛い子供が生まれると、飲み仲間の先輩女子が教えてくれた――通販サイトで母乳チェッカーというのが売られていると。要するにリトマス試験紙のようなものだ。

「アルコール分が出てないのをチェックして、それから授乳するわけね」

先輩は頷《うなず》き、

「まあ。そういう商品が出回るのが、ママもなかなか、飲むのを止められない――という証拠ですね」

「男はさあ、女は子供が出来ると、生理的に飲みたくなくなるんじゃないか――なんて、幻想を抱いたりするんだよね」

幻想、あるいは妄想。

「ないねえ、そんなこと」

「ないない」

つわものママになると、今、口に入れたアルコールは即座に母乳にはならない――と、授乳の始まりを飲み始めのサインにしている人もいるという。おそるべし、酒の魔力。

早苗はといえば、そちらも子育ても、かしこくこなし、子供は立派に育った。

七月の第四日曜は親子の日だか、本の日だか、とにかくそういう日のようだ。母の日にカーネーション、のように、《親子》を繋ぐ《本》を贈ろうというイベントがあり、某所で、趣旨に合った家族写真を撮ってみませんか――となったのが去年。

編集者魂を燃え上がらせた早苗は、可愛い可愛い我が子と共に、これまた我が子のように可愛い担当した本を手に、会場へと直行した。あ、家族写真なので、長身のケンちゃんも一緒ですよ。

この一枚が、とてもとても評判がよかった。満面の笑みをたたえた早苗の脇で、一目で親子と分かる小学一年の愛らしい子が、母より自然な笑みを浮かべ、片足をちょこんと上げている。編集者のママは、しっかり自分の担当本を突き出し、お父さんは、娘の愛読するコミックを女の子の顔の横に差し出している。こう見事に演出は出来ないという、元気で感じのいい絵になっていた。

――ぜひとも。

と頼まれて、全国の書店に飾られる、その日のためのポスターになった。

当然、社内でも、

「いいわねえ、あれ」

と、大好評。

「うーん。村越《むらこし》が、酒以外のことで評判になるとは……」

と出版部長がうなった。ちなみに《村越》は早苗の旧姓。職場では、仕事上の繋がりがあるから、結婚しても昔の姓を使っている女性が多い。

天下晴れて、幸せ家族の太鼓判を押されたような早苗は、社内に掲示されたポスターを見つつ、

「公開処刑ですよ。てへへ」

と、照れていた。

2

出版というと、まず文学系の本を思い浮かべる人がいるかも知れない。しかし普通の店で売れるのは、それより健康や占い関係だ。

小説以外といえば、二年前、早苗も、

「経済のこと、分かりやすく、面白く書いてくれる人いないかしら」

書籍部の上司、瀬戸口《せとぐち》まりえに、そう聞かれた。瀬戸口先輩は、眼鏡の似合う、きりり系の女性、五十代になったところである。

「そうですねえ」

と受けた早苗の頭に、大学時代の教室がよみがえった。早苗は、都内の大学の、政治経済学部出身だ。闇夜の鉄砲ではない。聞かれる理由なら、あるのだ。

「あ……」

と、早苗。

「ひらめきましたか」

「ました、ました。――寺脇《てらわき》先生！」

恩師である。

小難しく、面倒くさい経済理論でも、楽しく教えてくれた。学生達にも人気があった。ちらりと挟むエピソードの扱いが絶妙だった。科目が好きになるというのは、多くの場合、先生が好きになることだ。学ぶ者にやさしいあの語り口で入門書を書いてくれたら、多くの人が手をのばすだろう。

――こりゃあ、いい！

そう思って、しばらくぶりに連絡を取ってみた。

するとどういうわけか寺脇先生は覚えていてくださった、早苗を。卒業生も数多いというのに。

──そういえば……。

学生達で、先生を囲んで飲んだこともあった。早苗は、酔うと記憶がおぼろになる。

──ひょっとして何か、……よほど忘れられないことでもしたろうか。

ちょっぴり不安になったが、

──まあ、いいや。過ぎてみりゃあ何もかも楽しい思い出さ。

と明るく、前向きに考えた。

お会いして話した結果、《仮想通貨の未来》や《異次元緩和はどこまで可能か》といったテーマを、《なんつーか、仮想通貨》《異次元緩和、こらあかんわ》と、まあ、そこまではくだけないが、素人にも、楽しく理解出来る、それでいて、程度を落とさない、中身のある原稿に仕上げていただけた。

出版不況といわれるこの御時世に、一冊目も二冊目も、売れ行き好調。まことにありがたい。当然のことながら来年に向け、二度あることは三度──と思う。

大学の方は、もう冬の休みに入った。次の本の打ち合わせも必要だ。合わせて、今年の打ち上げもしようとお声がけをした。

まずは夕方、パーラーで落ち合う。早苗は、得意分野は酒だけ──などという軟弱者ではない。甘いものにでも、逃げずに立ち向かう。

カラフルなメニューを開いて、

「先生、どうなさいます」

しかし、先生は、

「……コーヒーかなあ」

「せっかくのパーラーですよ」

と、誘ったが、

「……いや。実はこの二月に、糖尿の値が劇的に悪くなってね、医者に、一日に糖分は……リンゴ半分と脅されたんだ」

「えっ。そ、それは大変」

深刻な話になって来た。

「おかげさまで、意識して甘いものを抑えたら、十キロぐらい痩《や》せたよ」

この半年ほどは、メールのやり取りが主だった。打ち合わせも、研究室にお邪魔したり、お茶したりですんでいた。食事をしていない。なるほど改めてしみじみ見ると、一年前までタヌキ型だった体が、人間に近づいている。

自分のそういう変化に、亭主が気づかなければ、かなりむっとする早苗だが、注意は原稿に向け、書き手の体型までは見過ごしていた。

寺脇先生は、もう大学を去ろうという年齢だが、髪は抜けずに白くなる方だ。アルコールは以前から控えていたが、それに加えての糖質制限。おかげで頬がしまって来たのだから若返って見える。羨《うらや》ましい。

「おお、十キロ減ですか。うーん、憧《あこが》れちゃいますねえ」

先生は、憧れられてもなあ――という顔になり、

「今までは、シュークリームにソフトクリーム、大福にドラ焼きと、ばくばく食べていたんだ」

「うわあ」

「餅《もち》の季節になれば、お汁粉に安倍川《あべかわ》。《ちょっと、こっちへ黄な粉餅》ってな具合だった。それをぴたりとやめて、ウォーキングを始めた。すると、どんどん体が軽くなって行く。こんなに影響があるものかと思ったよ。――経済にもいいぞ」

「は？」

ご専門の研究に、何か関係があるのだろうか。

「いや、はけなくなったズボンが、何本も復活を果たした」

「ああ。そっちの、《経済》ですか」

「まあ。せっかく、こういうお店に来たんだから、僕に遠慮はいらない。――これなんか、どうだね」

と先生は、呼び物らしい華やかな一品を指さす。

「しかし、それじゃあ先生に申し訳ありません」

「何いってるんだい。クリスマスじゃないか」

昨日がイブだった。早苗は、季節に合わせて赤の丸首セーターに、白のミニスカート。コートさえ着れば、外でもこれで大丈夫。若い頃から、肌を出すのは好きな方だった。

それでは——と、プレゼント代わりのお言葉に甘え、早苗は、お店の名物、イチゴのホットパイを頼んだ。与えられた機会は逃さない。

しかしながら皿が目の前に来ると、かなりの迫力である。二人で食べてもよさそうだ。

寺脇先生が心配そうに、

「夜は、確か、——河豚《ふぐ》なんだろう」

「ええ。うちの瀬戸口がセッティングしてくれました。本日、一緒にご挨拶《あいさつ》いたします。——わたし達、去年も河豚で年忘れやったんです。それがおいしかったから、予行演習ずみ。期待してください。——心配は、ただひとつ」

「河豚にあたるかどうか？」

「いえいえ。座敷に上がるのかどうかです」

「どういうこと？」

「最近、靴脱ぐのがつらいんです。昔は、片足立ちでも、ほいほい脱げたのが、——

近頃、何だか安定しなくて」

3

「片足でどれだけ立ってられるか——って、老化の尺度にあったよなあ」

「嫌なこと、いわないでくださいよ。ソックス脱いだり、穿《は》いたりする時、ふらついてると」と、凶悪な顔になり、「——うちのがからかうんです」

「旦那さんは、安定してるのかい」

「それがね、あっちは、体を鍛えていやがるんですよ」

「ほおお」

「ボルダリングって、ご存じでしょ?」

「あの、壁を登るやつ」

「そうです、そうです。ちょこっとやってみたら、はまっちゃって——」

と、いいつつ早苗は、スプーンを動かした。パイは温かい——というか、あったかーいという感じなのに、上のアイスクリームがひやり。その組み合わせが絶妙だ。ぼけと突っ込みのような関係である。

「……おいしいかい」

と、先生。申し訳ないので、《まあまあです》と答え、

「北新宿《きたしんじゅく》にね、ボルダリングジムがあるんです。月一万出せば、いつ、何時間いてもいいんです。週二回行ってますね」

「感心じゃないか」

「まあねえ。お金払って、行かないんなら、それはそれで腹が立ちます」

「だろうなあ」

「子供のためのレッスンもあって、娘も連れて行きます」

「ますます結構じゃないか。――君は、一緒にやらないのか？」

「わたしも強制されましたよ、一回。チョークをつけて登るんです」

「おお」

「だから指先が、がさがさになる。爪は割れる。全身ひどい筋肉痛になる。――いいことないですよ」

「そこを乗り越えたら、よくなるんじゃないかな」

「嫌ですよ。散々な思いをしました。二度とやりません」

早苗は、いい切りつつパイを嚙《か》む。甘さと酸っぱさがあいまっての美味である。

「一方、旦那は不撓《ふとう》不屈か」

「そうなんです。うちのは、仕事がフリーカメラマン。行った先でジムを見つけると

舌なめずり。時間さえあれば、必ず寄ります」

「開拓者だな」

「都内でも、もう十カ所以上、お気に入りのジムがあるようです。港々に女あり――の船乗りですよ、まるで」

「でも、それで旦那さん、鍛えられた。体が締まって来たんだろう」

先生は紳士だから、君と違って――とはいわない。

「そうなんですよ。動きもよくなった。だから、なおさら張り合いがある。プロテインなんか飲み出した」

「向上心があるんだ」

「ありありですよ。口惜《くや》しいのはね、その上、奴は――煙草をやめたんです」

「は？」

「ボルダリング仲間に、体力が落ちるから喫わない方がいい――といわれたら、あっさり禁煙」

「偉いじゃないか」

「しかしですね。子供が生まれた時、煙草はやめてね――といっても、公園に行ったりベランダに出たりして、喫ってたんです。ボルダリングのためにやめられることを、子供のためにはやめなかったのかい――と思うと、無性に腹が立ちまして――」

怒りの表情を見せる。自分はセーブしたのに——という《酒》の恨みもあるようだ。

「微妙なもんだね」

「そういうわけで、あっちは体に自信がある。わたしがソックス穿きかけてふらふらしてると、片足立ちして、はい——なんて見せるんです。体操の選手じゃああるまいし、着地のポーズ」

4

打ち合わせは一時間程度で、無事終わり、眼目のお店にタクシーで移動した。瀬戸口まりえが、そちらで待っている。シンプルなウールのワンピース。色白の顔に、服地の紺が似合う。ゆったりとしているのは、河豚がたくさん食べられるように——だろうか。

去年と同じ店だが、幸い、今回はテーブル式の個室だった。老齢の先生がお楽なようにだが、早苗にもうれしい。足を上げて靴と格闘しなくてもすむ。

飲み物は——となるが、先生はお酒をやめている。ノンアルコール・ワインもあると聞くと、明かりが灯《とも》ったような顔になり、

「へぇー、そうなんだ。じゃ、それ、もらおうかな」

ビールは、アサヒとモルツがあるという。まりえと棲《す》み分けをして、早苗はモルツを頼んだ。

「朝日を避けるとは、吸血鬼のような人だね」

寺脇先生がいうと、瀬戸口先輩が、

「いえ。この人が吸うのはお酒です」

人聞きが悪い。読書家の先生は、

「ある小説の登場人物事典を読んでいたら、《肉感的な美女》というのが出て来た。その続きに《〈吸血鬼〉であるのが唯一の欠点》と書いてあった」

「わあー、そりゃあ唯一でも、かなりの欠点ですね」

瀬戸口さんが、

「あなたみたいね」

吸酒鬼でも美女なのだから、半分喜んでいいのかも知れない。

江戸《えど》菜のお浸しや柚子《ゆず》豆腐などの前菜をいただく。

寺脇先生が、

「お二人は、去年もこちらでやったんですね」

「ええ。――河豚喰《く》らふ働く女子の忘年会、でした」

早苗が注を付ける。

「先輩は、俳句やってるんですよ」

先生は、目を細め、

「俳句だと、いろいろな名詞の並びが面白かったりしますね」

「ええ」

「久保田万太郎《くぼたまんたろう》の句に、《ばか、はしら、かき、はまぐりや春の雪》というのがあります」

先輩は、なるほどと頷き、

「《ばか》は馬鹿貝、アオヤギのことですね」

早苗が感心し、

「よく知ってますね。その貝、どうして馬鹿なんです」

「殻から、舌みたいな赤い足を出してるところが、それっぽいのよ」

途端にちょっと舌を出して見せたくなった早苗だが、アルコールが入っていないので自制した。

「《ばか》から始まったところが値打ちですね。何かと思います」

「村越さんなら、酒ですぐに作れるんじゃないかな」

いやいやいや、といいながら、

「バーボンにロゼ、シャンパーニュ、スプマンテ」

「季語がないわよ」

「泡盛焼酎《しょうちゅう》マッコリどぶろく……」

「ただ、いってるだけじゃない」

「瀬戸口さんは、いかがです」

ちょっと考え、

「《寒き夜のラムにテキーラズブロッカ》」

「ほお、寒いから強い酒が続くわけですね」

早苗が、ビールをぐいっと飲んで、

「ズブロッカなら、五十二度なんてのもあります。これが飲めないのをズブの素人というんです」

本当かなあ。

「強いといえば、アブサンだね」と、寺脇先生。「十九世紀の終わり、いわゆる世紀末、パリの芸術家の間で流行《はや》ったんだ。苦よもぎが主成分。強すぎて、幻覚、躁鬱《そううつ》、錯乱、狂気、自殺の素《もと》になった」

味の素ならいいけれど、これには怯《おび》える。一時は、禁止された酒という。

「……どんなものですかね」

と、早苗が聞くと、

「ものの本によれば暗緑色。水を入れると白く濁ったそうだ」

「おお。おとぎばなしで魔法使いが飲んでそうですね」

「リアルには飲まない方がいいだろう。そうやって、モルツやってる方が平和だよ」

まりえが、

「程度問題ですよ。村越は、ビール記念館で作り立てのやつを、うまいうまいと、ごくごくごく。結局、三リットル飲んだんですから」

「えへへ」

お待ちかねの河豚刺しの皿が出た。

「鉄刺《てっさ》っていうんですよね」

「鉄砲ですね」とまりえ。「河豚があてる毒がテトロドトキシン。――わたし、女子高だったんですけど、凄《すご》く口の悪い子がいました。名前を、登紀子《ときこ》っていったんです。そこで、あだ名がテトロドトキちゃん」

平然といっているが、そんなあだ名を付けるのはまりえだろう。

薄く切られた河豚をつつき、歯ごたえを楽しみながら、飲む方のピッチもあがる。

早苗が、申し訳なさそうに聞いてみる。

「先生。ノンアルコールのワインはいかがです」

「うーん。いいねえ……」

しみじみとしている。

「お気に召しましたか」

「味がどうこういう前に、もう飲めないものと思っていたワインを、こうやって、口に運べる。そこに感慨があるなあ」

「はああ」

「年を取ると、今まで出来てたことが出来なくなったり、飲めたものが飲めなくなったりする。あちこちの道を閉ざされる。――ワインもね、若い頃は銘柄を気にしながら、あれこれ試したものだ。ドイツワインがいいとか、モーゼルに限るとか。――そうやって洒落《しやれ》る前は……学生時代はもっぱらビールだったなあ」

グラスにしばらく目を向けていた先生は、水の中からいきなり何かが浮かんだように、

「この間、宇都宮《うつのみや》の美術館に行ったよ」

5

「栃木の？」

「ああ、県立美術館。菊川京三《きくかわきようぞう》という人の展覧会をやったんだ」

聞いたことがない。

「日本画ですか？」

と、まりえが聞く。

「そちらも描いてるけどね、中心は数々の複製図版だ」

「複製……？」

「うん。明治の、まだちゃんとしたカラー印刷なんかなかった頃から、美術を広く世に知らしめる仕事をした。白黒写真を元に、原作と全く同じ色合質感のものを木版やコロタイプ印刷で作り上げた。その図版を付けた高級美術雑誌が——『國華《こつか》』だ」

寺脇先生は、題を指で宙に示し、

「——明治に刊行され、今も連綿と続いている。丸谷《まるや》才一《さいいち》が愛読してた」

聞いたことのある名前が出て来ると、安心する。

「そうなんですか」

「今は、印刷も勿論《もちろん》、現代のものになっている。——昔の、木版時代を支えたのが菊川京三。簡単に《複製だね》と片付けられない。再生への執念をひしひしと感じさせる。凄い仕事だ」

「そんな雑誌が、あったんですね」

「一般には、到底手の出ない値段だった。しかし、昔は学問芸術に対する敬意の念が違っていた。ある人の本を読んでいたら、昭和の初め、大学で学んでいる息子に負けてはならじ――と、大金を投じて『國華』の揃いを買う父親が出て来た。家一軒、買うような覚悟なんだな」

とら河豚の唐揚げが来た。それを食べながら、話は続く。

「その菊川の展覧会があると、新聞で知った。栃木の県立美術館まで駆けつけたよ。何だか、虫の知らせみたいなものがあったんだな。案の定、というか何というか、並んだ中の一枚につかまった。雪村の作。《せっそん》は雪の村と書く。名前の通り、雪舟《せっしゅう》に傾倒した室町《むろまち》末期の人だ。――絵は『観音拝宝塔図《かんのんはいほうとうず》』という。観音が宝の塔を拝む――という図柄だ」

「観音様は、拝まれる方じゃないんですか」

「ここでは、逆巻く波の上の蓮華《れんげ》に座し、はるかな高みを振り仰いでいる。観音といえば、老若男女、様々に形を変える。髭《ひげ》を生やしてはっきり男の場合もある。しかし、雪村の絵では、どう見ても若い女だった。――暗い背景の中に、白い肌が浮かんでいる」

先生は、胸の前で手を上下に動かし、

「ストールってあるだろう」

「肩からかける――」

「ああいう感じで、女の人の垂らす布を、大昔は《ひれ》といったんだ。——風は、波を逆立てるほどに強い。観音が肩から手にかけたひれが、大きく弧を描き、後ろになびいている。彼女は吹きつける風に向かい、珠玉宝玉を通した糸を両手に持ち、上空の何かを、強い憧憬《しょうけい》の目で見つめている。乱れた髪のひと筋が、額から頬に流れている」

美術館で、画面に見入る先生の姿が目に浮かんだ。

「——それでね、説明には『観音拝宝塔図』の——《部分》となっている。元は掛軸になるような、長いものだろう。『國華』に付される図版だから、その判型に添わねばならない。菊川は、下の観音だけにトリミングした。彼女が見上げる天に、何があるのか分からない。おそらくは画面の長さを使って、高みに《宝塔》が描かれているのだろう。それが見られないだけに、——彼女の渇仰《かつごう》するものが何か、と気になる。もどかしいから、求める思いを共有してしまう」

6

メインの河豚鍋《なべ》をつつきながら先生は、帰ってから雪村の画集を探し、絵の全容を見た——と語った。

「こういう流れだと、見つからないまま、彼女は何を求めていたのか——と思っていた方が味があるけれどね」

まりえが、

「《宝塔》を見たわけですね」

「うん。どうも人間というのは、謎があると解決したくなる。厄介な動物だなあ……」

早苗とまりえは、せっかくここに来たのだからと、申し訳なさそうに河豚のヒレ酒を賞味する。先生もお印に、盃《さかずき》にちょっぴり入れ、なめると、

「村越さんは、昔から強いのかな」

「強くなんかありませんよ。小学生の時、リンゴのリキュール飲んで腰が抜けました」

「何だか、『赤毛のアン』みたいな話ね」

と、まりえ。

「二日酔い対策はするのかな」

「塩ラーメンの麺《めん》が少なくなったところで、たらふく飲む。これは効果がありますね」

「リアルだなあ」

と感心しながら、先生は、

「……謎が謎だと気づかないまま、何十年も過ぎる。そんなこともあるよ」

目が、まりえを見た。

「《大學《だいがく》に来て踏む落葉コーヒー欲《ほ》る》という句がある」

「はあ……」

「……伝わるものがありますね」

「中村草田男《なかむらくさたお》の句だ」

「存じませんでした」

「僕は大学時代、先輩に教えられた。それ以来、冬になると胸に浮かんで来る句だった。ところが、ついこの間のことだ。神保町《じんぼうちょう》の古書店の前をぶらぶら歩きしていたら、平台に古めかしい、冬の『歳時記』が出ていた。格別の思いもなく手に取って、《落葉》のところを開いた。そうしたら、こんな風に出ていた」

先生は、よどみなく暗唱した。

むさしのの空真青《まさお》なる落葉かな　水原秋桜子《みずはらしゅうおうし》
大学に来て踏む落葉コーヒー欲る　中村草田男
ニコライの鐘の愉《たの》しき落葉かな　石田波郷《いしだはきょう》

まりえは驚きの唇になり、

「よく覚えていますね」

先生はその言葉に、どうしたのかな——と思うほどしばらく口を結んでいた。

やがてにこりとし、

「本当だ。昔のことは忘れない。最近のことは、ざるで水をすくうようにこぼれて行ってしまう。——その筈《はず》なのにね」

まりえは、そんなことはありませんよ——と小さく首を振った。先生は続ける。

「これもまた、思いがけない出会いだったよ。買って帰った。……学生の頃、先輩があの句を知っていたのを、謎とは思わなかった。でも、……先輩だってまだ、二十をちょっと過ぎたぐらいだった。……草田男の全集で調べたら、戦前の句だった。先輩は英文科だった。句集を買ってまで読んだろうか。……僕が見つけた歳時記は、昭和三十年代の終わりに出たものだった。親が買っても不思議はない。……北の町の、先輩が育った家の書棚に同じ本が眠っていた。中学生、高校生の頃、先輩はそれを開き、並んだ冬の言葉を、繰り返し読んだ。……そう考えるのは……的外れでもないと思うなあ」

7

寺脇先生をタクシーに乗せ、お見送りした。早苗が、

「遠慮してたから、飲んだ気がしませんよ。もうちょっと付き合ってくださいよー」

という。まりえは、

「いいわよ。──帰ったって、誰かいるわけじゃなし」

「おお。心強いお言葉ですね」

まりえは、信号で止まっているタクシーを見ていた。赤が青になり、車は動く。テールランプが暮れの街に溶けて行く。それを見ながら、先生もお一人なんでしょうね

──と小さくいったが、早苗の耳には入らない。

まりえは、振り返り、

「……先生のいってた《先輩》って、女の人なんでしょうね」

「えっ。──そ、そうですかね。それが何か」

「ううん」

と首を振り、目を上に向け、

「……くっきりと……空引っ掻《か》いて……冬の月」

師走《しわす》の天に、細い月があった。

8

翌朝、早苗は鏡を見て驚いた。

「何、これ！」

ケンちゃんが、

「忘れたの？」

と嘆く。娘が肩をすくめ、

「大変だったんだよ、昨日」

「あ、暴れたの、わたし？」

ケンちゃんが答える。

「ご機嫌でさあ。台所でステップ踏んで、あちこちにぶつかる。《危ないよ》と止めたら、《何をボルダリング！　あたしだって、足ぐらいーっ！》と叫んで、バレリーナみたいに片足上げたんだ。ま、正確にいえば、上げようとしたんだな。そのまま、すってーんと転んで、床で顔面を打った。ひどい音がしたよ」

「ひえー」

「尖《とが》ったものがなくて、本当によかった。冷やしたりなんだり大騒ぎ。まあ、目もちゃんと見えるようだし、大丈夫だろう——と、寝かしつけた」

「……そ、その結果がこれ？」

右目の回りに、殴られたボクサーのような痣《あざ》が出来ている。

——漫画みたい。

しかし、笑えない。仕事がある。出来る限り化粧でごまかし、季節はずれのサングラスをかけた。

その姿を見て、瀬戸口まりえが凍りついた。

「ケ、ケンちゃん。やさしい人だと思ってたのに……」

「違いますよ」

「ええーっ。——やさしくないの？」

「それが、違うんですっ！」

いえばいうほど、ごまかそうとしているようだ。

「うんうん。彼だって人間だからねえ。耐えられる限界が……」

——さて、この誤解をどう自然に解いたものか。

と悩む早苗であった。

引用／石田波郷　志摩芳次郎編『現代俳句歳時記　冬・新年』（番町書房刊）より

わらいかわせみに話すなよ

1

さて、まりえさんのことを話そう。

出版社に勤めている。文庫や雑誌と、いろいろな経験をして来た。五十代の今は、書籍部の責任ある役職についている。

縁の大きな眼鏡にショートカットの髪は、若い頃と同じだ。そのせいもあって、時に、

――かわらないね。

と、いわれる。《お若い》という意味だとは分かる。悪気はないのだ。しかし、ことさらいわれると、これもまたハラスメントだと思うが、まあ、それを表に出すほど子供でもない。

一方、

――なるほど、若くなくなったか。

と、思うことはある。

何というか、感情の握力が弱くなった――ような気がする。怒りや口惜《くや》しさ、自己嫌悪がなくなったわけではない。生きていれば、感情の波はいやおうなしに寄せて来る。しかし、昔ほどには、大波小波に溺《おぼ》れなくなった。そういう思いを、ずっと握り締めてはいなくなった。

――自分らしさが薄れて来たのかな。

世間一般にいう、丸くなった、とはちょっと違う――ような気がするのだが、うまくいえない。

しかしながら、あれやこれや、いろいろなことが川向こうにあるような、この感じは悪くない。時に川を越えてやって来るものが、貴重でいとおしい。

具体的な変化もある。体型はさておき、分かりやすいのは酒量だ。まりえは、九州出身。焼酎《しょうちゅう》が好きだった。気のあった仲間と繰り出し、それを口に運ぶ。特に好みだったのが、黒糖焼酎。感情の波を、酒の波が迎え撃ち、とろりと慰めてくれた。

だが近頃は、心身ともに、それをあまり求めなくなった。

無論、おつきあいに必要なら、あの酒この酒、口には運べる。基礎訓練はして来た身だ。しかし、私的な飲む機会が激減した。飲み仲間が、会社からいなくなったり、母親になって酒をひかえるようになったのだ。

明らかに気遣いされてのお誘いはある。だが、

——いや。ワカモノにおまかせするよ。

と、差し戻した時、ワカモノたちのほっとした気配が分かる。それと察するのも、いつの間にか上に立つようになったたまりえの、お仕事だ。そういう、うすら寂しさが、実は、そんなに嫌いでもない。

今、一人、自宅で飲むのは紅茶である。銘柄種類をこれと決めて、香りを楽しむ。仕事がら読まねばならぬ本、原稿は数多い。しかし、休みの日、それらに背を向け、好きな一冊を手に取り、紅茶を愛《め》でつつ、ページをめくる。黄金の時が流れ落ちる余裕と愉《たの》しみを感じる。

住まいは七、八年前まで、会社の先輩女子のいたマンション。エリア的には隣の県だが、東京都に近い。通勤に不便ではない。先輩も、ずっとそこにいたのだ。

その人がいたから、一緒に飲みにも行った。ふかふかしたパンのように、安心できる先輩だった。その人が親の介護のため、故郷へ帰る時、

——どう？

と声をかけてくれた。住みよいマンションだから、後に入らないかという。

——瀬戸口《せとぐち》、どうだい？

それが、まりえの名字。瀬戸口まりえなのだ。

――もう、この先輩が、わたしをそう呼ぶ声も、聞けなくなるのだ。

――瀬戸口……。

思えば、その調子、響きは、まりえにとって大切なものだった。失うことになって、はっきりと分かった。

そうだ。酒量が減ったのも、先輩がいなくなったからなのだ。当たり前のように誘われ、夜になると飛び交うコウモリのように、ふわりふわりと街に出て行ったのも、あの人がいたからなのだ。

先輩はいった。

ここに住むといいよ。都内じゃないから、経済的にぐっと楽になる。それでいて、生活には便利だ。まさかの時には、病院が近い。日常の買い物は駅周辺で間に合う。小洒落《こじゃれ》たものなら、車で足を延ばせば、巨大ショッピングセンターがある。

職場が近くに感じられないのが、むしろ、まりえの性格にあっていた。

まりえは免許を持っていた。証明書代わりになるので、若い頃に取った。その免許証のおまけのように軽自動車を買ってもいい。靴のように使う、安い車だ。買えば、一週間に一回ぐらいは乗るかも知れない。乗って買い物に行く。その方が車にも、自分にもいいはずだ。世界が変わる。まとめての買い物は、やはり車でないと不便だ。

足さえできれば、ひょっとして、どこか遠くに、出掛けることがあるかも知れない。

――うかうかしていると、免許返納の適齢期になってしまうぞ。

と笑った時にはまだ四十代だった。その頃には、自分に向けての軽いジョークだった。今はもう、笑えない。この場合の《適齢期》は、ときめかない言葉だ。

それぐらい、時の流れは速い。

郊外型ショッピングセンターの近くには、自然がある。大きな、水の澄んだ池がある。池には島があり、高い木々にサギが巣をかけている。カモの群れやアヒルの姿も見える。周囲が、ウォーキング用の道として整備されている。マスクの人々が、行き来している。ご夫婦らしい二人連れが多い、こちらは鳥でいえば、オシドリか。

健康のため、いい空気を吸いながらウォーキングし、その後、買い物もする――というのが、先輩おすすめのコースだった。

そういう生活のリズム紹介も参考にはなったが、まりえが選んだのは、先輩のあとを受け継ぐ――ということ、そのものだった。

おおげさにいえば、まりえは、逃げ出そうとする時間の裾《すそ》を、そうやって、つかみたかったのだ。

2

カーテンの向こうは、どんよりした空だ。暗さで分かる。

曇天のようにうっすらと腰が痛んだ。まりえは、きしむ体を、うーむとベッドから引き起こした。

遅く起きた。

昨日の金曜、いや、正確にいえば日がかわって土曜、今日の午前二時まで会社にいた。

出版社にとって、あってはならず、しかし決してなくならないものがある。誤植だ。どうしてこんなところを見逃したのかという信じられないミスが、魔法にかけられたように起こる。

《誤植》という題で、本が出たり、雑誌が出たりするのだから、第三者が見れば、興味深いというか、面白いことなのだ。

部外者が腹を抱えるような失敗が、編集者にとっては背筋をひやりとさせる白刃となる。それが起こった。まりえの会社が力を入れている本で起こった。見過ごせないほど、致命的な誤りだった。

昨日は一日、それでつぶれた。作者へお詫《わ》びをし、営業にも頭を下げる。ホームページの記載の確認、広報との打ち合わせ——と、対応に追われた。

編集者の一番長い日、といいたくなるような朝から夜中までだった。

かろうじて事が収まり、今日から休めるようになったのが救いだった。

窓を細めに開けても、入って来るのは、じめじめした空気だった。閉めた。

気温は、数日ぶりに下がっていた。何とかクーラーをかけなくてもすむ。日がささないせいだ。いや、これに関してだけは、おかげ、といった方がいい。湿気の上にむっとする暑さが重なったら、耐えられない。

顔を洗って、マットを敷き、自己流のヨガをやる。独立独歩。あちらこちらを、ゆっくりゆっくり伸ばしていると、少しずつ血が通って来る。起動に時間がかかる。

昔のパソコンのようだ。

——それでも大丈夫、生きて、動いているね。

と、自分に話しかける。

朝昼兼用の食事は、一本のトウモロコシ。昨日、戦いを共にしていた四十代の後輩、小此木《おこのぎ》都《みやこ》が、深夜、新聞紙に包んだ折り畳み傘のようなものを、まりえの前に突き出したのだ。

——あんまりバタバタしてて、忘れるところでした。

——は？

と、まりえは目を丸くした。何なのか、見当がつかない。

——宅配で取ってるトウモロコシ。おいしかったので、おすそ分けっ！

以前はよく、一緒に飲んだ仲の都だ。今も時に、こういうことをしてくれる。兼好《けんこう》法師もいっているではないか。よき友の第一は、ものをくれる友と。

——ありがとう、都ちゃんっ！

とは答えたが、あわただしい中でのやり取りになってしまった。

忘れず持って帰ってよかった。今日になると、しみじみありがたい。

こんな日、

——食事を何にしよう。

と考えるのは、二日酔いの頭で、ほこりまみれの三千ピースの無地のジグソーパズルを完成させろといわれるくらい嫌だ。道は一本。迷いなく、トウモロコシに通じているのがありがたい。

くるりくるりと緑の皮を剝《む》く作業は単純だし、それと共に、下の生き生きと輝くコーンの列が見られる。宝玉のような粒々から元気がもらえて、むしろ歓迎。

茹《ゆ》でて、北海道コンソメスープの皿と並べた。

トウモロコシの自然な甘みが、なるほどおいしかった。歯で嚙《か》んだ感触もいい。感謝感謝。

食べ終わっても、買い物には出ないつもりだった。とうとう降り出したからだ。梅雨なのだから、仕方がない。

一日、うちでごろごろする気になってしまえば、雨音も気にならない。むしろ、家の中に、守られている安穏さを感じる。

洗濯し、うち干ししているうちにお茶の時間になった。

さてと一息つき、高くはないが気に入っているNoritakeの紅茶茶碗《ちゃわん》を出す。ショッピングセンターのお正月特別セールに、御褒美のように出ていた。数は少なかった。見逃さなかった自分を褒めてやりたい。紅茶用だから、品のいい薄手だ。縁取りが落ち着いた金と銀の二つひと組。一人暮らしだから、その日その日で、気分にあった方を使う。

今日は外が暗い。気を引き立てようと金を選ぶ。

紅茶の缶の蓋《ふた》にスプーンの先を当て、カンと開けた。そこで、あっといった。

3

お休みの日の教室のように、空だった。

底にわずかに残った茶葉のかけらが、寂しそうだ。

——そうか。昨日の朝の一杯が、最後だったか……。

この銘柄は近くの店にはない。車を飛ばしてショッピングセンターまで行かなければ、手に入らない。そこに専門店が入っているのだ。

昼から夕方の間の三時。出掛けるには、中途半端な時間だ。

——紅茶ぐらい、我慢すれば。

とも思う。明日《あした》は日曜だ。明日、行けばいい。だが、心は難しい。あるものなら我慢できても、ないとなると指のささくれのように気になる。触らずにはいられない痛みのようだ。

——飲めないとなると、酸素を断たれたようだ……。

とまで思う。

——なければ、夜になっても、明日の朝も飲めない。

雨脚は、意地悪な音楽のクレッシェンドのように、どんどん激しくなって来る。常識的に考えたら、うちにいるべきだろう。

——昼前に気づいていたら、問題なく出掛けていたんだがなあ……。

窓辺により、じっと白い線を見る。もし、まりえが、まりえの母親だったら、《こんな時に出て行く人があるもんですか》とたしなめたに違いない。しかし、やめろやめろといわれると、よりやりたくなるのが人間——いや、まりえだ。

三十分後、手早く支度を終えたまりえは、車のハンドルを握っていた。握らなければよかった。悪いことに今はマスクがある。化粧の手間がかからなかった。「よーい」からスタートまで、時間がかからない。それが背中を押した。

マンションの駐車場に着くまでに、すでに脚はかなり濡《ぬ》れていた。

出るのが遅れれば、雨はより激しくなるだろう、急ごうと思った。

それは確かだった。軽自動車は、たちまち尋常でない雨音にくるみ込まれた。

週に一回は行く、慣れた道だった。

毎週戦い、問題なく勝っている相手なら、あなどっても不思議はない。

落とし穴は、そういうところに開いている。

気が付くと、激しく動くワイパーの先の空が、妙にどす黒い。日暮れには早いが、そうなのだ。ライトを点《つ》ける。

行く先は、郊外型ショッピングセンターだから、街を抜け、建物の少ない通りに入って行く。そして、両側が緑の色を濃くし始めた田圃《たんぼ》になった辺りで、とんでもないことになった。

道の脇に続くのが田圃なのか、建物なのか、一瞬にして分からなくなった。突然、滝の中にたたき込まれたような轟音《ごうおん》が車体を包み、視界が流れる大量の水で覆われた。

——ゲリラ豪雨だ！

動悸《どうき》が激しくなる。どうしていいか分からなくなり、そのまま数秒進み、結局、そうするしかないのだと理解する。

うっかりブレーキなど踏んだら、追突されてしまう。路肩に寄せようとしても、その危険がある。ワイパーは、パニックになった子供のように一所懸命動いてはいる。だが、雨のカーテンを押し開いてはくれない。

運転中の車の中で視界を奪われるのが、どれほど恐ろしいことか。

紗幕《しゃまく》を何枚も重ねた向こうにあるような、前の車の尾灯を頼りに進むしかないのだ。どういう道かは、頭に入っている。それだけが救いだ。

雨音がまるで、敵軍の打つ陣太鼓の連打のようだ。子供の頃からこの年まで、長く付き合いのあった雨が、いきなり全く違った顔を見せ、牙《きば》を剥いている。

そのことへの怖れに、押し潰《つぶ》されそうになりながら、暗い海の底を行くように進んだ。

ハンドルやブレーキの操作を、今、間違えたら命取りだ。自分が、そんな状況にあるのが信じられない。

——なぜ、今、わたしはここにいるのだろう？

4

交通量の多い国道と交わる辺りまで来た時、ようやく、巨大な滝から凄《すさ》まじい雨ぐらいにまで、水の勢いが収まって来た。

前の大きな車の行き先が同じなので、助かった。従順な子供のように付き従って行くと、立体駐車場に入って行く。こんな日は、誰も外に停めるのを嫌がる。混んでいた。

考える気力もないから、後に続いて車列に並ぶ。屋根のあるところに入れるだけで有り難かった。

穴蔵のような通路をのろのろ進む。三階まで行ったところで、ちょうどすぐ横手の車が出て、スペースが空いた。運がいい。当たりくじが引けたような感じ。すんなり入ることが出来た。

ドアを開けると、この季節なのに、通路を吹き抜ける風が妙に冷たい。玩具《おもちゃ》のロボットになったように歩き、ショッピングセンターに入った。

うってかわって明るい。別世界だ。

置かれている消毒スプレーの頭を押し、掌《てのひら》を濡らし、広げ、指にからめながら、進んだ。いつもなら、すたすた行くのだが、今日は明るさが痛い。

椅子に腰を下ろした。

少し膝《ひざ》の抜けたご近所用ジーンズをはいて来ていた。その膝を手で覆う。自分の掌の温かさが、薄くなった布地を通し、冷えた膝から脚にゆっくりと入って来る。

子供連れが何組も、前を通り過ぎて行く。はしゃぐ声も聞こえる。雨や風ではない音が響いている。

──ここにいたら、外の天気も分からなかったろう。

滝のような豪雨の中、小さな箱に閉じ込められていた自分と、今の自分が、同じ存在であることが不思議だった。

似た日々の連続の中で、ふと忘れていたことを、肩を叩《たた》かれ、囁《ささや》かれたような気がした。

さすがに、時が経つと心もほどけて来た。

──駐車場の通路から入って来た時の自分を、自分が見ていたら、どうだろう。

すぐに、

──ほうほうのてい。

と思った。

言葉を見つけられて落ち着き、立ち上がることが出来た。

紅茶を買って、帰った。

5

雨は夜にはあがった。

明けると、嘘のようにからりと晴れた。湿り気のない風が渡り、秋のように爽《さわ》やかな空が広がっていた。

――六月だ。昼を過ぎたら、暑くなるに違いない。

晴れてうれしいまりえは、早いうちにウォーキングをすませようと思った。ショッピングセンターの中も歩けはする。しかし、北風の吹きつける冬や、逆にじりじり焼かれる夏以外、無理なく歩けそうな時は、やはり外を行くにこしたことはない。

白いワイドパンツ、上はちょっと楽しい柄のTシャツを選んだ。道はまだ多少、湿っているだろう。しかし、広い池の周りの、整備されたウォーキングコースだ。雨は、下に流れるようになっている。さほど、心配はない。歩き慣れたスニーカーを履いた。

池のあるところは、運動公園になっている。日曜日なので、遅くなると駐車場が一杯になってしまう。今までにも、あきらめてショッピングセンターへと向かったことがある。

今日は、何とか停められた。

つばが黒の麦藁《むぎわら》になっている日よけの帽子をかぶって、外に出た。勿論《もちろん》、日焼け止めのクリームは前もって塗ってある。

お決まりのコースを行くのだ。途中にある木々や花の変化に目をやる。同じところに何度も行くのはいい。自然の微妙な変化が楽しい。

――俳句に関心を持っているのだから、もっと花の名前を知らないといけない。

と思う。

しかし、名のみ以前から耳に親しくて、それと認識していなかった例もある。何年か前、いつものコースの途中で、つぼみが固く、いつまでも開かない花が気になった。秋からずっと、

――今か、今咲くか。

と思っているうちに冬を越してしまった。

――どうなるの、この子は？

案じていると、暖かくなって、ようやくいくつにも分かれた華やかな咲き方をした。それを見て、

――ああ、シャクナゲだったのか。

と、思いいたった。小説の中で、出会っていた花だ。山の花――とばかり思ってい

たが、近頃では、計画的に作られる庭の中に、時に配置されるのだ。

季節のうつろいを考慮に入れて、花時の違うものをバランスよく植えてある。

それ以来、シャクナゲも、まりえのおなじみのものになった。

今はそれも、ツツジも終わり、アジサイさえやや盛りを過ぎ、クチナシが白く香り出している。今年は、夏が早そうだ。

ゆるやかな勾配《こうばい》の小道を行く。ところによって、水の溜《た》まっているところもないではない。しかし、気になるほどではない。

気持ちよく、歩を運ぶ。

ベンチに水彩の道具を置き、画板を膝に置いて絵を描いている人もいる。

左手に見る池は、昨日の雨で水量が豊かになり、透明度がましている。水の広がりを見るのは心地よいものだ。

道が木陰に入るところは、風がいっそう涼しくなる。

池の緑が弧を描き、海でいえば入り江のようになっているところに、スイレンが広がっていた。このところ、緑の葉のうち続く間に、見る者へのご褒美のように白と桃色の花がのぞいていたのだが、いつの間にか、その数が減って来ていた。

とはいえ、スイレン池も見所のひとつなので、木陰にベンチが置かれている。

そこに、水色の半袖《はんそで》シャツを着た男が座っていた。スイレンの連なりを越えて、その向こうにある池の中の島の方に目をやっているようだ。

快調に歩いているまりえは、当たり前なら、たちまち、その前を通り過ぎていたろう。だが、後から思えば実に不思議なことなのだが、懐かしい声を、そこで聞いたような気がした。

声はいった。

——瀬戸口。

6

——えっ。

と、まりえは足を停めた。思わず、辺りを見回してしまった。

そんなはずはないのだ。もう二度と会うことのない、あの人の声が聞こえるはずなど。

空耳だ。

それなのに、まりえは聞いた。

——馬鹿だなあ、瀬戸口。見ろよ。——よく見るんだ。

まりえは、糸に引かれるように水色のシャツの男に目をやった。

マスクをかけているから、顔つきは分からない。若くはない。しかしなるほど、年のわりに豊かな髪の頭の形、肩の辺り、何より全体の印象に忘れ難いものがある。

——見覚えがあるだろう。

と自分に問いかける。その意識が、なぜ先輩の声という形をとったのだろう。とにかく、知っている人……のようだ。

そうだ。分かりやすい経済入門の新書を書いてくれた、大学の先生だ。かなりの売れ行きだ。出版不況の昨今、まことにありがたい先生だ。担当の子と一緒に、食事を共にし、お話をした。

見れば見るほど、間違いない。

立場上、大勢の本の書き手に挨拶《あいさつ》し、あれこれやり取りをする。それなのに、どうしてこの先生を——そういっては、ほかの方々にすまないが、シジミ、アサリ、ハマグリの中の宝貝のように、特別に覚えていたかといえば、俳句の話をしたからだ。

先生の専門は経済だし、特に句作に励んでいるわけでもない。しかし、遠い昔から、あるひとつの句を心に刻んでいるようだ。

そういう、言葉の抱き方に、

——分かるなあ……。

と、思うところがあった。

まりえは、輝く日の中から、木陰の方にスニーカーを向けていた。

「あの……」

声をかけていた。

その人は、池からまりえに視線を移した。

――おお、少なからず、驚いているぞ。

それはそうだろう。

ウォーキングの時は、眼鏡をはずすまりえだが、その目も、帽子の黒の麦藁のひさしの下からのぞかせている。目の下は、大きなマスクに覆われている。

今時だから当然の姿だが、しばらく前ならこれは、かなり怪しい奴だ。

7

やはり、寺脇《てらわき》先生だった。

まりえのところから、さらに北の町に住んでいるという。そこでも、通勤圏内だ。

かなり大きな池があることに気づき、何年も前から、時おり車で、ウォーキングに来ているそうだ。《車で、ウォーキングに》とは矛盾のようだが、歩くにも気分のいいところを求める、それは自然なことだ。

平日の方が空《す》いている。日曜は、避けることが多い。そこは、編集者より、大学の先生の方が自由がきく。

「でも、土日にいらっしゃることも、なくはないわけですよね」

ごく自然に隣に座って、話し出す。

「まあ、そうです」

「だとしたら、すれ違っていたかも知れませんね」

「知らずにね」

「ええ」

池の周りを衛星のように歩いていれば、仮に同じ時間にいても、離れたままだ。

今日は、昨日の雨があがった後の、爽やかさを求めて来た。まりえと同じだ。

まりえは聞く。

「座って――なんだか、熱心に見ていらっしゃいましたね」

「そうですね」

「気になるものがあったんですか」

「――というか、ちょっと不思議でね。去年の秋あたりから、……あの辺に、カメラマンが集まり始めたでしょう」

寺脇は手を上げた。小島がある。それを越した対岸を示す。

「はい」

「あの辺りには、前からアヒルやカモがいる。でも、それじゃあ平凡でしょう、撮影対象として？」

「はいはい」

「島の木の上に、サギが巣を作っている。僕も最初に見た時は、サギってこんなところに巣を作るのか、と新鮮でした。しかし、あんなに揃ってカメラを向けるものかと
――」

「違いますよ」

「え……」

「カモでも、サギでもありません」

寺脇先生は、文字通り、首をかしげた。

「はあ……？」

「撮っているのは、翡翠《かわせみ》です」

「カワセミ……。カワセミって、谷川とか……いわゆる渓谷にいるんでしょう？」

釈然としないようだ。

「認識不足ですね。以前は確かに、人里離れたところにいたようです。でも、最近、各地の水の浄化が進んだせいで、公園の池なんかにも来るようになったんです。《皆

さん、こんにちは》って。時代の変化ですよ」

ちょっと、生意気なまりえさんである。寺脇先生は、マスクの上の眉《まゆ》を寄せ、

「じゃあ、僕は流れに取り残されているんだ」

「そうなりますねえ。——ここだけじゃないんですよ。各地の公園の大きな池に、カメラマンが押し寄せてます。翡翠って、水辺の宝石といわれるでしょう。飛ぶと、青くきらきら輝く。それは綺麗《きれい》です。撮ってブログにアップするのが、ブームになっているんです」

まりえは、スマホを取り出し、

「——ご覧になりますか？」

8

「撮ってるんですか？」

「及ばずながら」

というのも妙な言葉だが、巨大な望遠レンズの砲列を構えているマニアたちに比べたら、そういう気持ちになる。

画面上の、小さな点を見せる。

「……なるほど」

と、寺脇先生。

「翡翠って、小さな鳥なんです。目を凝らして見ていないと分かりません」

スマホの画面では、はっきりしない。しかし、青いかけらのようなものが写っている。これでも、ウォーキングの途中、足を停め、かなり待っていて得た収穫だ。

「カメラマンは、その小さな鳥が飛んだ瞬間をアップでねらうんです。羽を広げた姿、あわよくば魚をキャッチした瞬間をつかまえる」

「……そんなの、都合よく撮れますかね」

「難しいです。だから、マニア心をくすぐる。撮れば自慢になるわけです」

行ってみましょう――と、ごく自然に連れ立った。

「いや。僕も、あそこの前は、何度も通っているんですがね。サギを撮っているのかなあ、と思いながら、ただ、すたすた行き過ぎていました」

「見れども見えずですよ」

「心が、そこになければね」

「はいはい」

軽やかに歩む。

「カワセミって、けたたましい声で鳴くんでしょう？」

「そんなこともないと思いますよ」

クチナシの前を過ぎる。

「俳句をなさっているんですよね」

と、先生。

「いえ、やっているともいえません。全くの自己流です」

「カワセミも季語でしょう?」

「ええ。夏の季語ですね」

「何か、いい句はありますか」

どきりとするはずの問いだった。しかし、心が波立たない。それを、

——不思議だ。

と思うまりえだった。

「いい——というか。一度読んで、忘れられないものがありました」

「ほう」

「翡翠の句なんです。でも、翡翠の句じゃないんです」

禅問答のようだ。

「それはまた……どういうことです?」

箱の中に入れるようにして、しまっておいた記憶だった。まりえは、その蓋を開け

た。

「——翡翠に杭《くい》置去りにされにけり」

寺脇は、

「カワセミに……」

後は、口の中でいった。そして、

「誰の句です？」

「林之助《りんのすけ》さんです」

まず聞いたこともないであろう俳人名を、名前だけいう。なかなか意地悪だが、実はどうでもいい相手には、こんなことをしないまりえさんなのだ。

「りんのすけ……」

「ええ」

「目元涼しい少年剣士みたいですね」

寺脇先生は、子供の頃に読んだ漫画でも思い返しているのだろうか。

「八木《やぎ》林之助さん」

どう書くかを説明すると、

「……句の方の表記は、どうなります？」

俳句の場合、文字遣いも大切な作品の要素だ。まりえは、宙に文字を思い浮かべ、

「《翡翠》と《杭》は漢字でしたね。――何しろ、十年以上前に見つけた句です。本に当たらないと、責任をもって答えられません。――そこから先は」

置去りか、置きざりか、はたまた、おきざりか。

「本は、――すぐに出るんですか」

追いかけるようにいわれた。それが、うれしかった。おざなりでない関心を感じた。

「大丈夫だと思います」

道は池を離れて、木陰に入った。木々の向こうに、子供のアスレチック遊具が透けて見える。

しばらく、無言で歩いた。

寺脇が足を止め、刀を抜くように、スマホを取り出した。老夫婦が追い抜いて行った。奥さんの方が足が速い。

「でしたら、その句、――送っていただいてもよろしいでしょうか」

思いがけないアドレス交換になった。

まりえが、先ほどの翡翠が小さく写っている画像を送ってみた。無事に届くのが確認できた。

また歩き出す。しばらくして木立を抜けた。道の先に、水の輝きが広がっている。

その辺りで、カメラの列が翡翠を狙っているのだ。

9

家に帰ると、その句集を探した。簡単に出て来た。どこにあるか、ずっと分かっていたのだ。

今となっては遠い昔、神保町《じんぼうちょう》に並ぶ古書店の、平台で見つけた。何列にも並んでいる中で目だったのは、背表紙の色が金茶色だったからだ。新刊の棚から、今抜いて来て置いたような綺麗さだったから、その金茶が目に飛び込んで来た。

白抜きの表題が『緩頬』。あまり見かけない言葉だ。

――かんきょう、だろうな。

頬を緩めるのだ。すっと抜いてみた。帯に《八木林之助　第三句集》とある。句集なら普通のことだが、帯には《収録作品より》として、選ばれた作が並んでいる。見本一覧のようだ。その時のまりえの心に寄り添う句はなかった。

そのまま平台に戻すところだが、見ると、函《はこ》の裏表紙に漢文が刷ってある。

夏目漱石《なつめそうせき》の『こゝろ』自装本の表紙には、性悪説で知られる『荀子《じゅんし》』の言葉が書かれている。こちらは、どうか。

前漢高帝紀
漢王謂酈食其曰
　緩頰往說魏王豹
　　註　徐言引譬喩也

手ごわい。

史書の一節だ。『史記』か『漢書』だろう、というのは見当がつく。

最初の《漢王謂酈食其曰》というのが、まず難物だ。

主語が《漢王》なのはいい。《謂《い》ヒテ曰ク》というのは、高校の頃、漢文で習った記憶がある。いうには――ということだ。しかし、《酈》なんて字、見たこともない。

じっと睨《にら》んでいるうちに、これは《食》だの《其》だのという、ありふれた文字がひっかけではないか――と思った。つい、そこにとらわれてしまう。《其《それ》ヲ食べ》などと考えたら、迷い道に入る。

漢王が言うとしたら、相手が必要だ。要するに、酈食其が人名なら、どうか。《酈食其ニ謂ヒテ曰ク》となって、あっさり解決する。

――漢王が、酈食其にいうには。

はたしてそうなのか。

小さい頃から、問題を後に残すと気になるまりえだった。

平台にある句集である。古書店も、どうか持って行ってくださいという値段をつけている。

というわけで、作者には申し訳ないが、中身ではなく、函の言葉が気になって買った。

まりえは、図書館に行き、『漢書』の日本語訳を開いてみた。酈食其《れきいき》という人物が、ちゃんと出て来るではないか。

――やったっ！

と快哉《かいさい》を叫んだ。

――レキイキさん。レキイキさん。

と、しばし繰り返した。怪しい奴である。要するに、漢の王様がレキイキさんに、魏《ぎ》王の豹《ひょう》のところに行って話して来い――と命じたわけだ。

《緩頰《かんきょう》》を『大辞林』で引いたら、当たり前の意味のほかに、②に《人に託して伝えてもらうこと》とあった。

これを表題とした。《伝えたいことがある》――そんな気持ちだったのだろうか。

気がすんで、しばらくそのままにしておいた。

それから半月ほど経って、まりえに、大きく失意の底に沈む出来事が起こった。世界の色が変わるようなことだった。

会社で、それを知った日は、夜までずっと平然としていた。表情をかえなかった。

翌日も。

三日目に、理由をつけて一日休んだ。

——会社には、もう、行きたくない。辞めたい。

だが、そんなことをしたら、自分が苦しんでいると、顔見知りのあの人、この人に知られてしまう。

——それだけは嫌だ。

と、思った。

動く気力もなくなった。投げ出された砂袋のようになって、一日を過ごした。

夜。寝転がった時、積んだ本の山に、金茶色の背表紙があるのを見た。読むためというより、何かをするために開き、ページをめくった。

ぼんやりした目には、ただの活字の列に思えた。意味が、よく頭に入って来なかった。

ところが、もう終わりに近いところで、その一行が待っていた。

翡翠に杭置去りにされにけり

まりえは、座り直し、言葉と向き合った。

――俳句で大切なのは季語。この場合は、《翡翠》だろう。主役のはずだ。それなのに、ここに翡翠はいない。瑠璃色《るりいろ》に輝く鳥に――美しくはばたく鳥に、取り残されたものが描かれている。

《悔》が残った――といえば、悪い駄洒落《だじゃれ》になってしまう。そんな、遊びではない。ここにあるのは、身も蓋も無い事実そのままだ。面白みも風情もない、一本の《杭》。何かを、いい当てられたような気がした。

――この一行は、自分をここでずっと待っていたのだ。分からないように、隠れていたのだ。

本とは、不思議なものだな――と思う。

――辞めたい。

という気は、なくなっていた。

――そうだ。わたしは、本が作りたいのだ。

しんしんと更けて行く夜の中で、まりえはそう思った。

それがもう、遠い昔のことである。

まりえは、改めて古書独特の匂いをさせている句集を開き、そこにある表記通りに、翡翠の——いや、杭の句を寺脇に送った。

待ち構えていたように、すぐ返事が来た。

ありがとうございます。瀬戸口さんに出会わなければ、知らないままで終わっていました。感謝いたします。

少し考えているような間があってから、
もし、さしつかえなかったら、今度の日曜日、また、この前のベンチでお会いできますか。その本を見せていただければ、さいわいです。

今日、まりえは、池の、カメラマンの列のところまで行って、レンズが集中している中の島の木の、一点を指さした。

注意して、よくよく目で探して見ると分かる。小さな鳥が、一本の枝の先にとまっている。

「あれが、飛ぶんですか？」

と、寺脇。

「ええ」

と、まりえ。

自分の判断というより、カメラマンたちの様子が、いかにもシャッターチャンス近し——という感じだった。

じらされるような時が過ぎた。突然、鳥はさっとはばたき、滑空し、きらめく羽を光らせ、水面に突き刺さり、そこから、空にはじけ去った。雨音のようにシャッターの音が鳴り響いた。

次の瞬間、鳥はもう、何事もなかったように木に戻っていた。

「ほらね」

と、まりえはいった。まるで、自分の手柄のように。

気持ちのいい瞬間だった。

寺脇に、次の日曜の件、承諾——のメールを送ってから、遠足の前のように、

——晴れればいいな。

と、思った。

10

まりえは本を読む時、当然のことながら、老眼鏡を使っている。

翌日、思い立って、それをかえに行った。会社の近くの眼鏡店だ。五年分老けていた。昔

前から、五年経っていた。少し年上のデザイナー兼店主が、まりえの顔をじっと見て、以前

と同じようにそっけない応対で、見立ててくれた。まりえの顔をじっと見て、

——この顎《あご》の線、この目の間隔には——これがあいますね。

もののように品評される曇りのなさが気分よい、と、五年前と同じことを思った。

次の日曜、寺脇の前で本を開く時は新しい眼鏡をかけているわけだ。

そこで、ふと思った。

確か寺脇は、

——カワセミって、けたたましい声で鳴くんでしょう?

と、いった。

その時は聞き流した。しかし、考えればあれは、カワセミとワライカワセミを混同していたのではないか。

「わらいかわせみに話すなよ」という歌があった。昔はわりにポピュラーだった。テ

レビからも流れて来たと思う。

それが耳に残っていた寺脇が、ワライカワセミを、カワセミが笑うのだ――と思い込む。その可能性はある。だとしたらそれは、美空《みそら》ひばりとヒバリを取り違えるぐらい、いや、それほどではないが、間違いである。

会社に戻って、親しい四十代女子に声をかけてみた。

「ねえ。都ちゃん『わらいかわせみに話すなよ』って歌、知ってる？」

うーん、と考え、

「聞き覚えはありますねえ。何だか怖いです」

若い二十代の子にも聞いてみた。すると、意外、

「知ってますよ。――ていうか、踊ってます」

「ほ？」

「幼稚園の、お遊戯会で踊ったんです。楽しい歌ですよ」

体が覚えていた。その場で、ケラケラケラケラとひと踊りしてくれた。

さっそく都に伝え、

「いやあ、経験というのは、人さまざまだねえ」

「本当ですね。若いから知らないと思うと、大間違いです」

都はそういってから、付け足し、

「でも、世代間ギャップはありますよ。新入社員に、わたしの担当した本の話をしたら、《わたしは読んでないのですが》といって、まずいと思ったのか《おばあちゃんが愛読してます》とフォロー」

「おやまあ」

「母が読んでました――ぐらいでおさめてくれたらなあ」

「うふふ」

「かと思うとね、わずか数歳年下の男子に、親愛感を見せつつ、《うちらの年代って子供の頃、喫茶店でクリームソーダとかコーラフロートとか飲ませてもらうの小さな御褒美イベントだったよね》っていったら、《ふーん。そうですか》」

「はあはあ」

「何だか感じ悪いなあ――と思ってたら、後から人づてに聞きました。《同年代じゃないんだけどなあ》と、しきりに、ぼやいていたって。――そこなのかい、というがっかり感といらだちがありましたねえ」

ちょうど通りかかった、都さんと同年代の女子が、

「わたしは、若い子に《愚痴を聞いてください》と呼びとめられました。傾聴の上、渾身《こんしん》の励ましトークを始めたら、あくびをかみ殺されました。――あ、そこまで求められていなかったのね。吸い取り紙みたいに、愚痴だけ吸収すればよかったのね、と

悟りました」

皆さん、あれこれ小刻みに大変だ。

その日の仕事が長引き、深夜になった。帰ろうとしたら、まだ一人、若い女子が残っていた。

声をかけると、

「もう少しなんです」

まりえが若かった頃、先輩がこういう時、いってくれた言葉があった。

「――じゃあ、ねずみにひかれないようにね」

沈黙。十秒ぐらいあってから、はーいと元気な返事。

――検索したんだな。

と、頬が緩んだ。

11

雨の日が続いた。梅雨どきなので当たり前だ。土曜には晴れ間も覗《のぞ》き、次の日曜は曇りになった。

歩くには、これぐらいがちょうどいいかな――という天気だった。

まりえは、麻の入った夏用のコットンパンツに、綿のブラウスで家を出た。軽自動車を走らせ、早めに、駐車場に入った。

時間つぶしにまず池ではなく、緑の多い道に向かった。

樹上に咲く、白い大きな花を見上げ、

――ああ。これは、泰山木だったか。

と、思う。

いろいろな木がある。この間観たテレビ番組で、南米の密林のことをやっていた。無計画な伐採で、絶滅の危機に瀕《ひん》している木もあるという。

バイオリンやチェロの名器として知られる、ストラディヴァリウスやガルネリ。しかし、どんなに優れた楽器でも、弾かなければ音は出ない。音楽は生まれない。弦楽器を演奏するには、弓が必要だ。昔は、その素材として、スネークウッドという木が使われた。

一方、ブラジルにペルナンブコという巨木があった。初めは、その赤い色に目がつけられ、大量に切られては、ヨーロッパに運ばれた。そして粉砕され、貴族の服の染料とされた。ヨーロッパ人が、赤を好んだのだ。

化学染料が出来てから、そのための需要はなくなった。だが思いがけないことに、この木が弦楽器の弓として、最高の素材だった。バイオリンやチェロとの相性がよく、楽器の長所を最大限に引き出すのだ。

十八世紀からすでに着目され、今では、いい弓といえばペルナンブコで作る――のが常識らしい。無計画な伐採のため、数が少なくなり、将来を危ぶまれているそうだ。遠いブラジルの木と、イタリアの楽器で、二つとない演奏がなされる。出会いとは、不思議なものだ。

林の中を歩きながら、そんなことを思った。頃合いを見て、約束のベンチに向かった。

寺脇が、立ち上がって礼をした。この前は、近くのコンビニに行く時のような、黒っぽい、よれよれのジャージの下だった。誰にも会わずに、歩いて来るだけならそれでよかったろう。今日は、栗色のチノパンをはいている。それを、まりえは、

――かわいい。

と、思った。寺脇の方が年上なのに。

寺脇がいった。

「何とか、降らなくてよかったです」

ありきたりに、天気の話から切り出された。まりえは、ふと記憶がよみがえり、

「この前お会いした前の日。――土曜日に、わたし、ゲリラ豪雨に遭ったんです」

「それは……」

「買いおきの紅茶がなくなって、ショッピングセンターまで出掛けたんです。ないとなると、矢も盾もたまらなくなって。——一人暮らしですから、運転も自分でするしかありません。そうしたら、ハンドル操作もそんなに自信がないのに、途中で突然、水の底にほうり込まれたような大雨になりました。どうなることかと思いました」

「……無事だったんですね」

「はい、何とか。ほうほうのていで、向こうに着きました」

「はあ」

まりえは、編集者らしく頭を動かし、

「……ほうほうのていの、《ほうほう》って何だと思います」

「さあ……」

まりえは、ちょっと首をかしげてから、背を丸め、右手を犬かきでもするように動かし、

「これだと思います」

「というと？」

「這《は》うんじゃないかしら」

「あ。はうはう。——這うようにして……」

「そんな気がしますね」

寺脇が頷《うなず》き、二人はベンチに座った。

「瀬戸口さんは、紅茶党なんですね」

「そうですね」

「僕は、もっぱらコーヒーでした。学生の頃、溜まり場になっていた店のマスターが、コーヒーにうるさくて」

「学生の……、随分長いんですね」

「ええ。……思い出した。僕は先週の土曜、うちで――一人寂しく、コーヒーを飲んでいましたよ。冒険はしなかった」

――のんびりしていたんだ。ずるいな。

と、まりえは眉を上げ、

「――でも、豆が切れたら、出掛けたかも知れませんね」

「それはそうだ。でも、瀬戸口さんが紅茶党なら、節を屈して、僕もそちらを飲んでみようかな」

――どれが、どうおいしいか、教えてあげよう。

と、思うまりえだった。

12

左手の手提げから句集を出して、渡した。寺脇は、《翡翠》のページを確認し、

「瀬戸口さんに会わなければ、知らないままで終わっていました」

――この人もまた、この句に何かを感じる同類なのだ。

まりえは、そう思いつつ、

「翡翠もね」

「そうでした。カメラマンの横は通りながら、てっきりサギを狙っているのだとばかり思っていました」

「まだ、ありますよ」

「え？」

「翡翠の鳴き声はけたたましいっておっしゃいましたよね」

「はい」

「『わらいかわせみに話すなよ』のことじゃありませんか」

「は？　はあ……そうですね。あの歌は忘れない。――カワセミって笑うように鳴くんでしょう？」

　まりえは、えへん、という表情になり、

「それは、《笑いかわせみ》のことですよ」

「え、え？」

　釈然としないようだ。

「翡翠の仲間って、いろいろいるんです。《笑いかわせみ》っていうのは、大きくて、それこそけたたましい声で鳴くんです」

「へええ。じゃあ、ただのカワセミさんは、そんな品のないことしないんだ。失礼しちゃいましたね」

「本当ですよ」

「《ケセラセラ》なんて笑わないんだ」

　また、おかしなことをいう。

「は？」

「いや、あの歌ですよ。《笑いかわせみ》は《ケセラセラ》って鳴くんでしょう？」

　どうも、記憶が混乱しているようだ。

「《ケセラセラ》は別の歌ですよ。《なるようになる》でしょう」

　寺脇のマスクの上の目に、意外な真理を聞いたという驚きが浮かんだ。

「じゃあ、何て鳴くんです？」

「《ケラケラケラ》でしょう」

「そうなんだ！　僕はこの年まで《ケセラセラ》だと思ってましたよ。――いやあ、長生きはするもんだ。あやまちを正せましたよ」

どんな人でも、間違って覚えていることはあるものだ。

「翡翠の仲間には、山翡翠《やませみ》というのもいます」

「へえ」

「こちらは、白黒の斑《まだら》模様です。翡翠より大きいです」

――若い頃は、皆を相手によくこんなことをいったな。

と思うまりえだった。豆知識の披露が得意だったのだ。懐かしい感覚だった。

寺脇は、心の底から感心した目になり、

「カワセミだけじゃないんだ！」

まりえの頭はますます若返り、こういう時には必ず突き進んだ方向へと動いた。

「カワセミ、ヤマセミ。――それから、ウミセミというのもいます」

重々しくいった。

「はああ！」

純朴な声に、すぐボールを打ち返すように、

「――《ウミセミ》は嘘です」

寺脇は、マスクの下で口を開けたようだ。そして、いった。

「——嘘をつくと、鼻が伸びますよ」

——おや。

と、マスクに手を伸ばすまりえだった。

やれやれ、まりえさん。こんなやり取り、笑いかわせみに、聞かれないといいね。

付記——ものがたりの島

1

小説を最後まで読み、別の作品との繋《つな》がりを感じることがあります。

それが短編の場合、大陸とは違う、見通せる島の形を眺め、磯に迫る波の砕け方、茂る木々の姿、そこに漂う空気を含め、独立したものであると分かりつつ、ふと後ろや前に、ひとつ、あるいはふたつ、と島影を感じることがあります。

それが幻影である場合も、実在の、別の作品の時もあります。

書き手の立場になっても、同様です。シリーズを完結させる時にも、先が見えていたりする。しかし、ピリオドを打つのはその一点しかない。見えていても、書く必要を感じない。後は読み手にまかせるべきだ。語るのは余計なことだ、と思う。

しかし、——そうでない場合もあるのです。

2

この短編集にある「遠い唇」は、気になる一篇でした。主人公の寺脇《てらわき》は、それからどうやって生きたのか。わたしは彼と、どこかの街角で、知らずにすれ違っているのではないか。

寺脇のその後は、見えるようで見えなかった。ある時、ふっと気づきました。

――そうか、彼がめぐりあう人は、ここにいたんだ。

連作集『飲めば都』（新潮文庫）の中にいる大勢の中の一人、瀬戸口《せとぐち》まりえです。

気づいてしまえば、後は自明。「振り仰ぐ観音図」という、島の向こうの島がたちまち浮かんで来たのです。そう、ものがたりは書くものではなく、書かされるものなのです（この場合、編集者さんに、ではありませんよ）。

となれば、島巡りの舟が、その先の「わらいかわせみに話すなよ」に向かうのは、ごく自然でした。

しかし、書き終えてからが難しい。これら二篇をどうするか、です。できるものなら、同じ本の中に収めたい。

今まで文庫化の時、いくつかの作をまとめることはしてきました。しかし、すでに出ている文庫に新作を加え、増補版を作ることを、わたしは今まで、しませんでした。角川文庫の方に相談したところ、わたしの思うところをよく理解していただき、提案を受け入れていただけました。心より感謝いたします。

ここから先には、できることなら、この本を読み終えてから進んでください。

今回また、これらの連作を読み返し、その思いを深くしました。自作について、あれこれいうのはつつしむべきところでしょう。しかし、寺脇とまりえのために書きます。

「遠い唇」193ページ、

キリマンジャロの高みを求める豹《ひょう》は、若い先輩にとって、胸を打つ大切なものだったのだ。

は、「振り仰ぐ観音図」218ページ、

彼女が見上げる天に、何があるのか分からない。

と、そしてまた、「遠い唇」188ページ、

その後、唇は硬く結ばれた。

と、「振り仰ぐ観音図」220ページの、

まりえは驚きの唇になり、

は、同じ一冊の中にあってほしい――ということです。

さらには、「わらいかわせみに話すなよ」251ページの《瞬間をつかまえる》、257ページ《伝えたいことがある》もまた、そうです。

短編はそれぞれに独立していますが、その島の姿を重ねることにより、より細部が鮮明になったりもします。

思えば短編集『遠い唇』は、角川文庫『八月の六日間』の前日譚《たん》である「ゴースト」、おなじく『冬のオペラ』の後日譚である「ビスケット」を、さらには江戸川乱歩《えどがわらんぽ》の「二銭銅貨」から時を経ての「続・二銭銅貨」を含む一冊でした。すでにいくつかの、重なる島影を見せていたといえるでしょう。

それを思うと、ここに「遠い唇」の時の波の先にあるものがたりを二作をも収め、あるべき姿を与えられたと思うのです。

3

なお、最初の文庫に付した説明を、ここにもつけ加えておきたいと思います。

「ビスケット」に使われる《英字ビスケット》ですが、わたしは子供の頃から親しんで来ました。ご存じの方も多いと思います。

贅沢《ぜいたく》なお菓子に慣れた現代の子供たちが、喜ぶかどうかは分かりません。しかし、味以上に《文字》が目の前に現れ、触れられることの魅力は、大きいものでした。

わたしが、子供の頃、見て、触り、並べていたそれの《M》の形は、こういうものでした。

メーカーによりデザインは微妙に異なり、《M》が指三本の形とならないものもあるようです。そういうビスケットに親しんできた方は、首をかしげるかも知れません。

念のため、記しておきます。

4

最後になりましたが、「解釈」に掲載させていただいた和田誠《わだまこと》さんの絵は、『本漫画』で見た時から、ぜひ使わせていただきたいと思っていたものです。ご許可をいただき、心より感謝いたしております。

二〇二三年六月　北《きた》村《むら》　薫《かおる》

「続・二銭銅貨」参考文献

『探偵小説四十年（上）』江戸川乱歩（光文社文庫）
『筮竹占いの秘密』大川恒平（二見書房）

「二銭銅貨」の本文は、点字に関する誤りを正した創元推理文庫版『日本探偵小説全集2　江戸川乱歩集』によった。

解説

佐藤《さとう》夕子《ゆうこ》

一作家一ジャンル道のまんなかを飄然《ひょうぜん》と歩む大家、北村薫《きたむらかおる》によるノヴェレッテンが、また一つ完成した。

『ノヴェレッテン』は8つのノヴェレッテとも呼ばれるシューマンのピアノ曲集で、短篇小説《ノヴェレ》からの連想と思《おぼ》しい表題は造語。章題がないかわり、この魅力的な表題が、全曲を完璧《かんぺき》に象《かたど》る。異なる芸術の融合からすぐに連想するのがムソルグスキーのピアノ曲『展覧会の絵』で、こちらでは、序奏で間奏でもある名曲「プロムナード」が、10の多彩な画題を律しきる。

一方、作家は言葉でスケッチし、音を奏でる。収録作「パトラッシュ」の、ラヴェル『ボレロ』のピアノデュオをテレビで観る場面は圧巻だ。昨年、牛田智大《うしだともはる》さん・松《まつ》田《だ》華音《かのん》さんデュオコンサートでアンコールがこの曲だった。硬質で澄んだピアノが呼応しながらあの独特なリズムを刻み、高まり、鐘と鳴らし、最後は空間を一つの渦に変えるのを、期せずして、まず言葉で聴いていた。音で追体験して、ああ、だからあの場面で、と頷《うなず》けた。

あいにく当方、高校時代の古典の授業で短歌実作の宿題を課され、先生に「理屈っぽいのが難」と寸評された古傷を持つ。言い果せて何かある。芭蕉《ばしょう》は正しい。北村印は違う。言い果《おお》せていながら、なお余情が寄せてくる。択《えら》ぶ言葉に、いつも多層な音や彩豊かな絵が見える。だからこそ、理屈屋はノヴェレッテンの中にあるだろうプロムナードを、言葉のかたちで、つい探してしまう。

増補版刊行にあたり「付記――ひらめきにときめき」そして「和田誠《わだまこと》さんのこと」は、「付記――ものがたりの島」へと形を変えた。北村さんからのこの上ない祝辞だ。追加収録の二作と表題作のつながりを中心に、作者の作品への限りない愛情が、熱く静かに語られている。当方の解説など必要ない、完璧な自作解説だ。

作品への付記そのものは、これまでも時折あった。「これだけは、どうしても」を、急《せ》いた理屈に流れることなく、丁寧に掬《すく》い取り「もう一度、ご一緒に」と読者に手渡す。屋根に屋根を重ねない、吟味しつくされた名調子が心地よい。また連載の形で短篇を連ねてゆくタイプのエッセイ群がまとまる折には、「解決編」と呼びたい秀逸な註《ちゅう》が頻繁に登場し、読者をもう一度、あっと言わせる。付記は、この作家にしか広げられぬプロムナード、いやさ〈島巡りの舟〉だと実感する。

ただし〈作品については、作品そのものが語る〉〈後は読み手にまかせるべきだ〉もまた、この作家の譲れぬ信念だ。だからか、後日譚《たん》やスピンオフ、外伝など、作品の形をとった「付記」は、読む側には垂涎《すいぜん》ものだが、これまでそれほど多くはなかった。

いや、人知を超えた名探偵、巫弓彦《かんなぎゆみひこ》氏ならぬ北村さんの付記だからだ。あえてその場では並び立たず、アンコールで初めて貌《かお》をのぞかせる。〈常人では分からぬ一本の道を、空から見たかのように示す〉のが名探偵。ただ、天才は、待てる。〈待てしばしのない〉と自認する性格には、せっかちとは彼岸ほど隔たりがあるのだ。何より「ひらめきにときめ」かずにおれぬのは、まず作家自身だろう。天才は茶目っ気と洒《しゃ》落《れ》っ気《け》に溢《あふ》れ、島巡りの舟の舳先《へさき》で、常に自ら、灯《あか》りを掲げたいと願うのだ。

先例では2017年秋に創元推理文庫に入った『太宰治の辞書』。ひときわ愛着あるデビューシリーズ、待望の新作だった。さらに贅沢《ぜいたく》にも、本編にまつわる二つのエッセイと、初出1990年の珠玉短篇「白い朝」が満を持しての収録。

米澤穂信《よねざわほのぶ》氏の名解説にて丁寧に掬い取られているとおり、これら新作所収のタイミングには、シリーズ掉尾《とうび》を飾る作品文庫化ゆえの必然があるのだが、それにしても27年だ。秘蔵っ子の肖像を縁取るためとはいえ、なんと息の長い一徹さ。

かくのごとく。北村さんの作品は作品で語る。未来を思い出すように、何十年も前に投げられた伏線のブーケが、今日、掌《てのひら》に落ちてくる。なぜここに、この作品が収録されたかが、ある時レッドカーペット上に金文字で浮き上がる。稀代《きたい》の謎物語仕掛人の腕の冴《さ》え、作品という名の、付記の心意気なのだ。

短篇集《ノヴェレ》である本書は、こうした意気（粋《いき》）を存分に活《い》かした好例だろう。ひとの想いが時間を経て解かれるのが北村作品だから、この主題を象る表題からして、シューマンの命名に匹敵する。時の彼方《かなた》に遠ざかるあの人の唇はあのとき、なにを自分に伝えたかったのだろう。震えが来るほど、巧《うま》い。

そして、付記と追加収録を含む全10篇のノヴェレッテは、独立した短篇と見えていたものが、作品同士で、ここにはない別の作品との間で、あるいは偉大な先達のあの名品へと手を差し伸ばすように、繋《つな》がっている。紡がれるのはすべて前日譚、後日譚、スピンオフ、先達へのオマージュなのだ。秘密の花園の鍵《かぎ》は、別作品の中に埋め込まれている。プロムナードは形をかえつつ本の中を縫い、縁取っては消え、そこここに点在する。

わけても、表題作と、追加された新作二作における人物の、回り舞台にも似た登場退場の巧みさは、「人間喜劇」におけるバルザック的再登場法を彷彿《ほうふつ》させる。〈さて、早苗《さなえ》さんのことを話そう〉の書き出しで、もう百人一首のように「あ！『飲めば都』

っ！」と叫んでしまう。〈裸足《はだし》で駆け出す、愉快なサナエさん〉に、〈文ネエ〉こと瀬《せ》戸口《とぐち》まりえさんに、また、会えた。まりえさんの口を借りて、大事な先輩「書ネエ」も登場している。嬉《うれ》しい嬉しい再会だが、これ自体が必然だ。

バルザックはスピンオフを最初に小説で用いた作家といわれるが、北村作品にあっては、作品の連関はより有機的かつ通時的で、結果、再出の必然性が高い。『飲めば都』は北村作品中随一のユーモア度を誇るが、中で一滴、墨を落としたように暗いのが、まりえさんが主役の「指輪物語」だからだ。十余年越しの苦しい宙ぶらりんは、北村さんだけが救える。ずっと待っていて、本当に良かった。作者の思い入れのほどは、どうか〈寺脇《てらわき》とまりえのために〉書き下ろされた付記でご堪能《たんのう》あれ。

なお本書の初文庫化の折に解説を書かれた歌人・天野《あまの》慶《けい》さんは、表題作の由来に関し慧眼《けいがん》を披露されている。前述『太宰治の辞書』所収の「一年後の『太宰治の辞書』」では、実は「遠い唇」のきっかけも明かされていたのだ。ここにもまた、付記が！

あの作とこの作のリンクコーデも冴えわたっている。前述のスピンオフ三作を繋ぐ俳句や、「ゴースト」の短歌、「ビスケット」の古典文学。「パトラッシュ」のミド嬢と「わらいかわせみに話すなよ」の翡翠の醸す、圧倒的なみどりの煌《きら》めきと、囀《さえず》り。「遠い唇」で教授が見つける七円葉書に刷られた薬師寺《やくしじ》水煙飛天と、「振り仰ぐ観音図」で宝塔を見上げる観音様の、それぞれにまとう領巾《ひれ》のゆらめき。そういえば薬師寺の水煙も数年前に交換されているはずで、時の断絶はさらに重い。「パトラッシュ」では前景にそびえる〈山〉が「ゴースト」ではあざやかに背景に退く、その舞台装置めいた早変わりの怖さ。一方は明るく、他方はひたすらに昏《くら》い。また「しりとり」の探偵役はネームレスの男性作家で、「ビスケット」で待望の再登場となった姫宮《ひめみや》あゆみ嬢でないことは明らかだが、両人がそれぞれ〈表現というのは内面告白〉〈小説は自分の内面告白〉と呟《つぶや》き、〈知り合いに自作を読まれたくないち〉〈知り合いだから——という理由では読まれたくない〉と響き合うところは、両者確かに作家自身と頷け、その共振は心憎いほど。

極私的に一番の異色作は「解釈」。とはいえ、宇宙人が文学作品から地球人を分析するという枠組は、かの藤子《ふじこ》・F・不二雄《ふじお》異色短篇へのオマージュともとれ(北村さんは、この漫画界の天才とも『スキップ』でつながっている!)感性の相関を強く感じる一作。文体の喜劇的軽やかさも、もう一人の天才に通じる。

同じく先達へのオマージュ「続・二銭銅貨」は真打ち。あの江戸《えど》川乱歩《がわらんぽ》の処女作に捧《ささ》げる谺《こだま》なのだ。〈描表具〉による巧緻《こうち》な額装が、『ニッポン硬貨の謎』に続きまた一つ施された。

繰り返しで恐縮だが、本書は北村作品初の文庫増補版である。最初の文庫化では付記という名の魅力的なエッセイで、さらにこのたびは表題作の後日譚と新・付記という形で、正しく「物語に語らせる」花道を渡った北村薫さんとは、一貫して、〈わたしを分かってくれる、もう一人のわたし〉たちに、真摯《しんし》に応《こた》えつづける誠実な名人である。

本書は、二〇一九年十一月に小社より刊行された文庫に「振り仰ぐ観音図」（新潮文庫『もう一杯、飲む？』二〇二一年六月刊収録）、「わらいかわせみに話すなよ」（「小説　野性時代」二〇二一年九月号収録）を加え、サブタイトルを付したものです。

遠《とお》い唇《くちびる》

北村薫《きたむらかおる》自選《じせん》 日常《にちじょう》の謎《なぞ》作品集《さくひんしゅう》

北村《きたむら》 薫《かおる》

令和5年 9月25日 初版発行

発行者●山下直久

発行●株式会社KADOKAWA
〒102-8177 東京都千代田区富士見2-13-3
電話 0570-002-301(ナビダイヤル)

角川文庫 23805

印刷所●株式会社暁印刷
製本所●本間製本株式会社

表紙画●和田三造

◎本書の無断複製（コピー、スキャン、デジタル化等）並びに無断複製物の譲渡および配信は、著作権法上での例外を除き禁じられています。また、本書を代行業者等の第三者に依頼して複製する行為は、たとえ個人や家庭内での利用であっても一切認められておりません。
◎定価はカバーに表示してあります。

●お問い合わせ
https://www.kadokawa.co.jp/（「お問い合わせ」へお進みください）
※内容によっては、お答えできない場合があります。
※サポートは日本国内のみとさせていただきます。
※Japanese text only

©Kaoru Kitamura 2016, 2019, 2023 Printed in Japan
ISBN 978-4-04-112173-3 C0193

◇◇◇

角川文庫発刊に際して

角川源義

第二次世界大戦の敗北は、軍事力の敗北であった以上に、私たちの若い文化力の敗退であった。私たちの文化が戦争に対して如何に無力であり、単なるあだ花に過ぎなかったかを、私たちは身を以て体験し痛感した。西洋近代文化の摂取にとって、明治以後八十年の歳月は決して短かすぎたとは言えない。にもかかわらず、近代文化の伝統を確立し、自由な批判と柔軟な良識に富む文化層として自らを形成することに私たちは失敗して来た。そしてこれは、各層への文化の普及滲透を任務とする出版人の責任でもあった。

一九四五年以来、私たちは再び振出しに戻り、第一歩から踏み出すことを余儀なくされた。これは大きな不幸ではあるが、反面、これまでの混沌・未熟・歪曲の中にあった我が国の文化に秩序と確たる基礎を齎らすためには絶好の機会でもある。角川書店は、このような祖国の文化的危機にあたり、微力をも顧みず再建の礎石たるべき抱負と決意とをもって出発したが、ここに創立以来の念願を果すべく角川文庫を発刊する。これまで刊行されたあらゆる全集叢書文庫類の長所と短所とを検討し、古今東西の不朽の典籍を、良心的編集のもとに、廉価に、そして書架にふさわしい美本として、多くのひとびとに提供しようとする。しかし私たちは徒らに百科全書的な知識のジレッタントを作ることを目的とせず、あくまで祖国の文化に秩序と再建への道を示し、この文庫を角川書店の栄ある事業として、今後永久に継続発展せしめ、学芸と教養との殿堂として大成せんことを期したい。多くの読書子の愛情ある忠言と支持とによって、この希望と抱負とを完遂せしめられんことを願う。

一九四九年五月三日